大家族四男 12
兎田士郎の
Let's be friends

日向唯稀

この作品はフィクションです。
実在の人物・団体・事件などに
一切関係ありません。

大家族四男 12
兎田士郎の
Let's be friends

contents

＊*＊ 大家族四男 12 ＊*＊
兎田士郎の Let's be friends　5

大家族四男シリーズ

人物紹介

兎田《とだ》士郎《しろう》

本書の主人公
10歳　小学四年生　家族で唯一の眼鏡男子
希望ヶ丘町で有名な美形ぞろい大家族兎田家の
七人兄弟の四男
超記憶力症候群と思われる記憶力の持ち主

兎田《とだ》寧《ひとし》

20歳　兎田家長男
製粉会社営業マン

兎田《とだ》双葉《ふたば》

17歳　兎田家次男
高校二年生
生徒会副会長

兎田《とだ》充功《みつぐ》

13歳　兎田家三男
中学二年生

兎田《とだ》樹季《いつき》

7歳　兎田家五男
小学二年生

兎田《とだ》武蔵《むさし》

4歳　兎田家六男
幼稚園の年中さん

兎田《とだ》七生《ななお》

1歳後半
兎田家七男

兎田《とだ》颯太郎《そうたろう》

39歳　士郎の父
士郎の母・蘭は他界している
大人気アニメ『にゃんにゃんエンジェルズ』の
シナリオ作家

エリザベス

隣の老夫婦が飼っている犬
セントバーナード　5歳　実はオス

アミール《あみーる》・田中《たなか》

小学四年生　希望ヶ丘町に住む祖父母の元へ
引き取られて来たイケメン・ハーフ男子
シベリアン・ハスキーを飼っている

大家族四男 12

兎田士郎のLet's be friends

1

夏休みの週末、とある夜のこと。

「「「「こんばんは！」」」」

「いらっしゃい」

「上がって上がって」

「「「「はい！　お邪魔しま～す」」」」

地元では「希望《きぼう》ケ丘《がおか》のキラキラ大家族」と呼ばれて周知されている兎田《とだ》家は、いつにも増して賑《にぎ》やかなことになっていた。

上は二十歳から下は一歳後半の七人兄弟の真ん中・四男で小学四年生・兎田士郎《しろう》の同級生の男子が泊まりに来ていたからだ。

メンバーは四年一組の手塚晴真《てづかはるま》と中尾優音《なかおはると》、士郎と同じ二組の寺井大地《てらいだいち》と青葉星夜《あおばせいや》、そして九智也《いちじくともや》の五人。

目的は、夏休みの自由研究の一環として企画した職業体験。

そのため今週は、様々な職業に就く保護者たちの協力や指導のもとに、月曜から農家での作業体験、和洋菓子を含めたパン作り、宮大工《みやだいく》の賽銭箱《さいせんばこ》修理見学、救急・レントゲンなどの話を聞いて院内の見学等々の体験をしてきた。

そして最後が、この兎田家での〝朝が早いお仕事の早起き〟体験だ。

ここだけは職業ではなく生活リズムに着目しているが、日々のタイムスケジュールを体感することで、これまでにない気付きがあるのでは――という思い付きから、明日は三時起きで朝食作りをすることになっている。

また、これを企画し引き受けたのは、兎田家の長男で社会人二年目の寧《ひとし》。

平日は会社に出勤していたので、体験の保護者兼サポートは、主に三男で中学二年生の充功《みつぐ》が友人達と共に頑張ってくれた。

それで「なら、ここは俺が！」となったからだ。

ちなみに寧のサポートには、やはり平日はバイトなどの先約で時間が取れなかった次男で高校二年生の双葉《ふたば》が立候補しており、すでに準備万端だ。

とはいえ、充功は「どうせ同じ屋根の下にいるんだから、手伝うことになるんだよなな」と考えているし、五男で小学二年生の樹季《いつき》や六男で幼稚園年長の武蔵《むさし》、末っ子七男の七生《なお》は、何も言われなくても体験側に参加する気満々だ。

「わーい！　晴真くんたち、いらっしゃいませ～」

「おっとまり！　おっとまり！」

「やっちゃ～っ!!」

美少女と見まごうばかりの樹季の笑顔がいつにも増して輝けば、武蔵は元気爆発、七生はとにかく賛同、無邪気にはしゃぐ。

そもそも〝深夜の三時に起きる〟ということが、どういうことなのか想像も理解もできていないので、自分達が起きられないかもしれないという可能性はまったく考えていない。

このあたりは、すでに予測ができている兄たちの苦笑を誘っている。

だが、とにかく見知った士郎の友人達が声を上げて入って来たところから、ウキウキ・ワクワクが止まらない。

大歓迎を受けた晴真たちにも、さらに笑みが浮かぶ。

「それじゃあ、寧。父さんは上がるけど、あとを頼むね」

そして、これらの様子を見ながら声をかけたのが、当家の父親にしてキラキラ遺伝子の大本である颯太郎《そうたろう》。キッチンで夕飯の片付けを終えたところで、もはや大渋滞を起こしているリビングに笑いを堪《た》えつつも、

「はい！」

寧の返事をもらうと、自室兼作業場でもある三階へ上がっていった。

今夜は寧たちに任せきりだが、彼にはこれから深夜まで続くだろう仕事――人気美少女

アニメ・聖戦天使にゃんにゃんエンジェルズの原作やシナリオ作業がある。

むしろ、ここで子供たちに合わせて作業時間を調整するよりは、普段通りに家事や育児、仕事をこなす姿を見せるほうが、より子供たちにとってのいい見学体験になるはず！

そう寧たちにも言われたので、「それもそうだね」となったからだ。

「士郎くん。もしかして、お父さんはこれから仕事なの？」

すると、早速優音が関心を持ったようだ。

去年の暮れに両親の事故死をきっかけにここへ越してきた優音は、大人しく控えめな性格ではあるが、必要な時には意見が言える男子だ。

現在母方の叔母夫婦を両親として、そして中学生になる従兄弟《いとこ》を兄として慕《した》い、愛犬のポメラニアン・ポメ太を含めた四人と一匹で生活を共にしている。

また、母親代わりの叔母はパティシエをしており、パン教室のときには教える側として参加していた。

「うん。そうだよ。いつもは七生を寝かしつけて、そのあとに二時か三時か、できるところまでやっているみたい」

「え？　でも、前に泊まりに来たとき、おじさん、朝から起きてたよね」

今度は大地が驚いて聞いてきた。

父親と死別をしている彼は、以前、家事に仕事にと追われるシングルの母親と、食事の味付けに関して喧嘩をして、家出をしたことがあった。そのさい士郎を頼り、ここに一晩泊まっている。もともと快闊《かいかつ》で機転の利《き》く男子だ。そのときに家事の手伝い方をここで教わり、今は日々実践している。

あの日は颯太郎の仕事のことまでは気にしていなかったが、それでも朝から一階にいたことは覚えていたようだ。

「うん。週の大半は夜睡眠が三、四時間くらい？　それで、七生と日中に昼寝をして一、二時間？　基本は分けて寝るみたいだよ」

「わ！　やっぱり家のことと仕事がたくさんあると、そういうことになっちゃうのか」

「子守もあるし、隙間時間に眠る感じなのかな？　家でできる仕事って、自分で予定を決められる分、かえって大変なのかもな」

続けて声を上げたのは、星夜と智也。

星夜はその名の通り星や天体が好きで、もともとは引っ込み思案で大人しい男子だ。ただ、一時期理科の授業と得意が合致し、士郎や周りから褒《ほ》められたことではっちゃけを起こし、わがままが出た。更には自身の思い込みから、士郎にいじめられたと凹《へこ》んで、登校拒否。

結果、士郎を泣かせる羽目《はめ》になり、大反省することになった。

しかし、誤解が解ければ気にしない士郎の性格と、さらには何かしらで士郎に面倒をかけたことのある子供たちが多いという事実のおかげもあり、今では常に同級生の輪の中へ入っている。

また、智也は「将来の夢はYouTuber《ユーチューバー》」と語る、ちょっとふくよかな男子だが、いっときは士郎から盗撮《とうさつ》を咎《とが》められたり、家族仲の微妙さを心配されたりしていた。

最終的には「兎田充功から着替え用のパンツをもらった男」の異名《いみょう》を持ち、今ではすっかり充功のファンだ。四学年では士郎に次いで成績がよく、また全国模試でも百番以内に入っている頭脳の持ち主だが、それより何より本人は「充功のパンツ」が自慢で、当の充功を苦笑させる存在になりつつある。

「え？　なんの話!?　聞こえなかった！」

――と、ここで晴真が話の確認をしてきた。

どうやら樹季や武蔵、七生に囲まれ、懐《なつ》かれ、完全に士郎たちから気が逸《そ》れていたようだ。

それもそのはず。彼は、兎田家がこの地へ引っ越してきたとき、士郎が幼稚園に入った当日から、ひと目で士郎を気に入ったのか「おれのともだち！」を炸裂《さくれつ》。以来、どこで誰を相手にしても、「士郎、大好き！」を憚《はばか》らない幼馴染みの親友だ。

当然、士郎の家族とも一番付き合いが長く、特に弟たちともよく遊んできたため、武蔵と七生からすれば、生まれたときから側にいる親戚みたいな存在でもある。

学年ではリーダー的な存在で、四年生ながらサッカー部のエース。

元気爆発で猪突猛進《ちょとつもうしん》なところがあり、士郎とは真逆なタイプだが、それがいいのか、士郎も一番の親友として大事にしている。

「え？　うちのお父さんの話だよ。これから仕事なんだよって、説明してたんだ」

「あ！　なるほどな」

また、こうしたときに、一から説明を求めることもなく、「そうかそうか！」で納得して終わらせてくれるところも、士郎からすると好感ポイントだ。

それが見ていてわかるのだろう、寧は今にも吹き出しそうになるが、ここは堪《こら》えた。

「さあさあ、早寝だよ」

「え!?　まだ八時過ぎたばかりなのに？」

寧から就寝の指示が出ると、これには晴真も声を上げた。

「明日は三時起きで朝食作りをしてもらうんだから、せめて九時までには寝ないとね」

「そっか！　わかりました!!」

しかし、ここでも納得するのが早い。

これには双葉や充功どころか、士郎まで吹き出しそうになる。

「でも、眠れるかな？」

「夏休みに入ってから、毎晩十時とかまで起きてたしな」

とはいえ、まだ八時を過ぎたところだ。

大地と智也が顔を見合わせて不安を口にする。

「でも、とにかく一生懸命寝るしかないよ」

「うん！ 僕たちのために、寧さんも一緒に早起きしてくれるんだから」

「あ、そうだった！」

「せっかくのお休みなのに――。これは何が何でも寝ないとな」

ここは星夜と優音に言われて、大地と智也もハッとした。

これに晴真は、うんうんと頷いてみせる。が、ここで士郎は我慢に限界が来て、口元を手で押さえた。

（本当、調子がいいんだから）

もっとも、こうしたところが樹季や武蔵、七生とも気が合うのだろうが――。

＊＊＊

その後、士郎たちは揃って二階の子供部屋へ移動をし、パジャマに着替えると布団を敷いた。

子供部屋は、現在は士郎、樹季、武蔵の共有部屋として使っているので、勉強机が三台置かれている。

しかし、衣類やおもちゃの類《たぐ》いは押し入れと続きの収納部屋へしまってあるので、布団を敷き詰めれば、余裕で寝られる。

自宅ではベッドで寝ている子ばかりだったためか、この支度だけでも楽しそうだ。

また、樹季や武蔵、七生にいたっては、事前に家中から集めてきた予備の枕を並べて、どこに誰を寝かせようか、くじ引きにしようかと、真剣に検討している。

これが士郎からすると、笑いを誘う。少なくとも、樹季たちは部屋の一番奥にいかせて、朝はいつもの時間まで寝かせておくつもりだからだ。

「わ～！　合宿みたいだな」

「うん。修学旅行って、こんな感じなのかな？」

「そうかも！」

「樹季くん、武蔵くん、七生くん。お布団、ありがとうね」

「すごいな～。この家には、余分の枕が、こんなにあるんだ」

布団を敷き詰めた部屋を見ながら、晴真や大地、星夜や優音、智也が思い思いに口にする。誰が見ても、高揚《こうよう》しているのがわかる。

（これで寝付けるのかな？）

出入り口に立っていた士郎が、微苦笑を浮かべながら首を傾げる。

「これは寝ないよな～」

「眠れるわけがないって。というか、枕投げをしていないだけ優秀だよ。普通、始まるだろう。この段階で」

双葉や充功も同意見のようだ。

特に充功は、並べられた枕を見てムズムズしているのか、感心しきりだ。

そこへ、一階和室の自室に布団を敷いてきた寧が上がってくる。

「とりあえず、全員横にして電気を消すしかないかな。明日になって、睡眠不足そうだなって思ったら、昼寝をさせればいいし」

「絶対に寝坊《ねぼう》はさせないんだな」

「許しちゃったら、ただのお泊まり会になっちゃうからね。最低でも新聞屋さんが来る音を聞いてもらって、眠気と戦いながらご飯の支度は手伝ってもらわないと」

充功がニヤニヤしながらからかうも、寧は笑顔でぴしゃりと言い切る。

「寧兄。けっこうスパルタ？」

「それはそれ、これはこれだよ。ね、士郎」

普段が優しい寧だけに、双葉が少し驚いていた。

しかし、寧の優しさと甘さに対する認識は別だ。

特に、今夜のように、明確な目的の元に集まっているときには、徹底している。

これもすべては、集まった子供たちに、いい経験をしてもらいたいがためだ。

「うん。よろしくお願いします」

士郎からすれば、とても有り難いことだった。

寧のこうしたメリハリのある部分は、自分も大好きなところであり、尊敬している部分でもある。

「じゃあ、みんな布団に入って。電気を消すからね～」

寧の声かけに全員が「はーい」と返事をすると、それぞれが足下に敷かれた布団へ入っていく。

樹季と武蔵、七生に関しては、士郎が「僕らは奥側ね」と発したことで、出入り口から一番離れた布団に潜り込んだ。

武蔵と七生の間には、しっかり士郎の場所が空けられている。

「お休みなさ～い」

寧が電気を消して、扉を閉める。

双葉と充功は同じ二階にある自室へ、そして寧は一階へ下りていく。

しかし、時刻は未だ八時半を回ったところだ。

この時間に横になったからといって、ウトウトできるのは、普段から九時前には寝かしつけられている樹季や武蔵、七生くらいのものだろう。

双葉、充功は三時前にスマートフォンのアラームを設定するも、宿題をしたり、友人とのメールを始めたり。寧にいたっては、これからお風呂だ。

そして子供たちはと言えば――。

「士郎……。辛い。まったく眠くならないよ」

おそらく、十分から十五分は全力で寝ようとして、努力した。

だが、樹季たちが寝息を立て始めた頃には限界がきたのだろう、最初に晴真が音《ね》を上げる。

コソコソ内緒話をするかのように、頭を向け合っていた士郎に囁く。

この時点で士郎も「だよな――」とは思った。

それでも、寧たちの協力を考えると、どうにか寝よう、寝かそうと考える。

「……羊を数えても、目が冴《さ》えるんだけど」

「頭の中で催眠術《さいみんじゅつ》みたいなのを唱えても無理だ」

すると、晴真のコソコソに大地と智也が続いた。

「ちょっとだけ、話すのは？　あ、でも職業体験のことだよ。そうしたら、自由研究のうちでしょう」

「賛成。どうかな？　士郎」

普段なら率先《そっせん》して「寝なきゃ」となるだろう、優音や星夜までもがこれに続く。

しかも、優音に限っては、話題まで断定してきた。

さすがに士郎も「ぐふっ」と笑ってしまう。

優音なりに、寧たちの気持ちを汲みつつ、けど眠れない今の時間をどうにかしたい必死さが伝わってきたからだ。

「――しょうがないな。ちょっとだけだよ」

そう言って身体を起こすと、士郎は枕と上掛けを抱えて、出入り口近くへ移動した。

すると、「やった！」「許可が下りたぞ‼」と、晴真たちも枕の位置を逆にする。

樹季たちに声が届かないよう、限界まで端により、コソコソ話を始めた。

テーマはもちろん〝職業体験〟だ。

「うちのお母さんは、家でもクッキーとかケーキを作ってくれるけど、顔つきがちょっと違ってた気がする。みんなに怪我がないように、失敗しないように、美味しく食べられるように――って。家では、見たことがない顔だった」

まずは言い出した優音が口火《くちび》を切って、すっかり「お母さん」と呼べるようになっている叔母のことを話し始めた。

職業体験を通して、もっとも身近な両親の労働について考えてほしかった士郎からすると、優音の感想はとても嬉しいものだ。

「俺も。特に院内を案内してくれたときに、急に仕事へ戻ることになっただろう。なんか、こんな父さん見たことなかったな――って、厳しい顔になっていたと思った。あとは、やっぱり気持ちのどこかで、お医者さんとか看護師さんのほうがカッコイイよな――って、思ってたのに気付いて、反省した。父さんだけでなく、あの場で働いてる人たちみんなが患者さんのために頑張っていて、一生懸命で、すごくカッコイイんだって知ったから」

優音に続き、智也も初めて自分の父親がレントゲン技師として仕事をしている姿をみたことについて、感想を話した。

聞くと見るとでは大違いだったのだろう。

優音は改めてパティシエとしての叔母の顔を見たのだろうし、智也は自分の中にも父親の仕事を少し下に見ていたことに気付きがあったようだ。

また、反省やその内容まで口にしていたことから、この場にいる子供たちに対しても、以前にはなかった信用や信頼が生じているのだな――と、感じられる。

士郎は、更に嬉しくなった。

すると今度は大地が話を続ける。

「俺は、仕事の種類がどうよりも、母さんが死んだ父さんの分まで働いてくれてるから、こうしていられるんだな――って、思った。そりゃ、今までも思ったけど……。ちゃんとわかったというか、ありがとうって……言えた」

「すごいね、大地くん。お母さん、喜んだでしょう」

士郎が思わず身を乗り出した。

「うん。ちょっと泣いちゃったけど、嬉しいって言って、唐揚げ作ってくれた。めちゃくちゃ美味しいやつ！」

「そう。よかったね」

大地の母親は、いっとき過労からか、味覚障害を起こしていたことがある。

それに気付かず、大地と「食事の味付けが濃い」「まずい」で喧嘩《けんか》になり、家出に繋がった。

ただ、これに関しては、以前寧に似たようなことがあったことから、士郎が大地に可能性を指摘した。迎えに来た母親を含めて、実際みんなで食事をしてみることで、不調が発覚したのだ。

その後は、大地も率先して家事を手伝い、母親も仕事をコントロールしたことで体調を戻せたようだ。

（そっか。今はもう、お母さんの作る唐揚げが美味しいんだ）

改めて現状が知れたことに、士郎から笑みがこぼれる。

「僕は、もう。初日の農家体験で働いてる大人、お父さんたちってすごいなって思った。いつも農作業のお手伝いをしている佐藤《さとう》くんたちもすごいし、あとは、鈴木《すずき》くんのお父さんみたいに、ゴミ回収とかしてくれる人がいなかったら、大変なことになるんだよなって、考えたこともなかったから――。ちゃんと考えられて、よかったなって思ったよ」

「俺も。前にも、俺が好きなゲームやサッカーができるのは、父さんが働いているだけでなく、母さんもパートをしたり、体操服の洗濯をしたりしてくれるからだろうって士郎に言われたことがあったけど。本当、そうだよなって。大人って、あっちでもこっちでも働いていて、家の中でしていることも、ちゃんと仕事で。もっとたくさん、ありがとうって言おうって思った」

そして、星夜が、晴真が続けた。

星夜は、夏休みだというのに、家業の手伝いや、そのための勉強で町内祭りのイベントさえ見に来られずにいた佐藤一輝《かずき》とその従兄弟の一叶《かずと》、また父親の職業のせいでからかわれてふて腐れていた鈴木のことが印象に残っていたようだ。

また晴真は付き合いの長さからか、何かあれば士郎からお説教をされるのだが、今回の体験を通して、そもそも主婦業もハードな仕事なのだということを再認識したらしい。

(ありがとう――か。そう言ってもらうだけで、おばさんも喜ぶよね)

士郎が「そうだね。僕も父さんたちに言おう」と返すと、みんなが力強く頷き合う。

そうして最後は、士郎だ。

五人がジッと見つめてくる。

「僕も、家族やみんなの協力のおかげで、いい体験ができたなって思う。そして、世の中には、体験した以外の仕事のほうが、圧倒的に多いわけだから――。これからも機会を作って、調べてみようとか、できることは経験してみようって思ったよ」

「そう言われると、そうだよな」

「うん。知らない仕事のほうが、たくさんあるもんね」

士郎からすれば、そもそもこの職業体験を提案し、また全面協力してくれたのは寧たち家族だ。発案から企画、保護者への呼びかけからしおり作りと、最初から最後まで何一つ面倒がらず、率先して協力をしてくれた。

しかも、これに至《いた》った発端も、まったく悪気なく職業差別をしている子供たちがいることを知り、「どうしたものか」と士郎が心を痛めたことにある。

いつの間にかメディアが発表する〝人気の職業ランキング〟や、ネットなどから見聞きした情報だけで偏《かたよ》った先入観を持ってしまうのは、子供だけでなく大人でもあるだろう。場合によっては、親の職業で子供同士にまで上下関係が生まれる。

からかいのネタになり、いじめにも発展しかねない状況になり、放っておけば傷つく子供が出てきてしまう。

そうして、からかわれた子供は、これらを〝親の仕事のせいだ〟と恨《うら》むことでしか、ストレスの発散ができなくなる場合もあり――。

士郎からすれば、どんな仕事もなくてはならないから存在しているのに、真面目に働いてくれている親を恨むことになるなんて——と、残念でならない。

しかし、理想は理想で、現実は現実だ。

士郎がどう思ったところで、その職種に対するイメージや、場合によっては年収などで、格差意識を抱《いだ》く人はいるだろう。

そして、生活そのものだけでなく、周りにいる大人の価値観や、それとなく発している日常会話からでも、子供たちは確実に影響を受ける。

どんなに士郎が「そうじゃないだろう」と思ったところで、こればかりは一個人の思想や希望で、どうにかできることではない。

ただ、せめて自分の周りだけでも、そういう意識をなくせれば。

そうした理由で傷つく子供がいなくなれば。

同時に、そうした子供から向けられたストレスで、傷つく大人がいなくなれば——とも。

それで寧は、「まずは働くってことを知る」「体験してみたらいいんじゃないかな」「大人のこともわかるかも」と、提案してくれたのだ。

「明日もまたひとつ、知らないことがわかるね」

「うん！　楽しみだな」

おかげで士郎の周りでは、働く意味や大変さを知り、両親への見方が変わった子供たちが増えた。

ここは士郎も同じだが、改めて感謝の気持ちが起こり、「ありがとう」と言葉にする子供が増えたのだった。

2

翌日――午前三時。

(……足音?)

修学旅行さながらにコソコソ話を楽しんだ士郎は、いつの間にかそのまま友人達と寝落ちをしていた。

耳に近いところで響いた足音のためか、眠りから覚める。

しかし、目は開かない。

むしろ、固く閉じられたように思えた。眠気が勝ってしまい、すぐに起きようという気にならないからだ。

そうしているうちにも、扉が開く。

「――わ。見て、双葉」

子供たちを起こしに来た寧の小声が弾《はず》む。

いつもなら樹季たちに囲まれて寝ていて、余程のことがなければ自分から離れることなどない士郎が、昨夜はすぐに寝ないで友達と楽しんだのだろうか？

驚く反面、そんなことを考えると、寧は嬉しくなった。

友人達の中に混ざっている士郎の姿が貴重なのもあるが、集まっている子供たちみんなが幸せそうな顔で眠っていたからだ。

「うん。……あ！」

先に起こされた双葉は、まだ眠そうだったが、寧に言われてハッとした。

すかさずスマートフォンを取り出すと、士郎たちの寝姿を写真や動画で撮り始める。

常にクールな弟のあどけない寝顔ゲットに自然と笑みが浮かび、気持ちは寧と同じようだ。

ちなみに、昨夜は「どうせ同じ屋根の下なんだし――」と、参加する気満々だった充功は起こされていない。

本人もアラームをセットし忘れたのか、夜更《ふ》かしで目が覚めないのか、起きてくる気配がまったくない。

「士郎。時間だよ」

「……はい……」

まだ寝ていたいのは山々だが、士郎も名指しをされたら瞼《まぶた》を開く。

（眠い……）

「みんな、朝だよ」

今にも漏《も》れそうな本心をグッと堪えて、晴真たちに声をかける。

彼らも、声がけと同時に肩などをゆすられると、目を擦《こす》りながらも起き上がる。

ただ、ここで部屋の奥側でも布団が動いた。

(――樹季？　いや、武蔵!?)

最初は布団を被り直して、ゴソゴソしていた。

だが、急に上体を起こしたのは、兎田家で一番寝起きが悪い武蔵だ。

それこそ普段は、半分寝ぼけたまま食卓まで運ばれ、時には船を漕《こ》ぎながらご飯を食べるくらい朝が弱いのに――。

今朝に限って士郎たちの気配を察知《さっち》し、自主的に目を覚ました。

これには士郎だけでなく、寧や双葉も顔を見合わせて絶句している。

「おはよー。いっちゃん、しろちゃんたち起きてるよ」

布団に潜ると同時に寝付いていたからか、もしくはよほど今朝の体験が楽しみだったのか、薄暗い部屋の中でも目覚めがよさそうだ。

(――遠足と同じ感じなのかな？)

士郎が目をこらし、首を傾げて見ていると、武蔵は隣に寝ていた樹季の肩に手をかける。

「ん～。あ……本当だ。ありがとう……武蔵」

樹季が眠そうな声を漏らしながら、上体を起こす。

次は七生だ。

「七生。朝だぞ」

だが、声をかけたくらいでは起きない七生は、上掛けを抱き抱えたまま熟睡している。

少しだけ身体をゆすってみるが、アヒルのようなオムツ尻をふりふりするだけで、起きない。いい夢でも見ているのか、口角も上げてニンマリするだけだ。

「どうしよう、いっちゃん」

「う〜ん」

あまりによく寝ているので、樹季も起こすかどうかを迷い始める。

すると、ここで双葉が動いた。

「七生はこのまま、充功のところに寝かしとくってどうだ。そうしたら、目が覚めたら充功が下へ連れてきてくれるだろう」

「あ！　賛成」

「ありがとう。双葉くん」

これは名案だと、士郎たちも頷き合う。

双葉は熟睡している七生を上掛けごと抱き上げると、子供部屋から充功の部屋へ運んでいく。

「じゃあ、みんな着替えて下へ行こう」

「「「「は〜い」」」」

寧から声がかかると、晴真たちは着替えて、士郎と一緒に布団を畳《たた》んだ。

これらを部屋の端へ寄せてから、ぞろぞろと一階へ下りていったのだった。


「わ……。しろちゃん。外が夜だよ」

「うん。まだ太陽が出ていないからね」

「今は朝なの？　夜なの？」

「未明？　夜明け——は違うか？　そうしたら明け方かな？　あとできちんと調べてみよう」

「うん！」

廊下や階段に灯りは点《とも》っているものの、踊り場にある窓の外は真っ暗だった。

これに気付いた武蔵が驚き、士郎が説明をする。

「夏は日の出が早いはずなのにね」

「本当。夜と変わらない」

星夜や大地も、改めて起床を三時に設定された意味を実感し始めたようだ。

「俺、こんな時間に起きるの初めてかも」

「そう言われたら、僕も……」

「俺は、動画の編集とかしていて、これくらいの時間まで起きていたことはある。けど、この時間に起きたのは――、うん。俺も初めてだ」

晴真が首を傾げ、優音もこれに同意。智也だけは、親の目を盗んで夜更かしをしていたようだが、それでも寝るのが遅くなると、夜も明ける前から起きるのとでは勝手が違う。

当然、意味も違うのだが、このあたりにも子供たちはきちんと反応をしていた。

「じゃあ、士郎。みんなで顔を洗って歯磨きをしてから、キッチンへ来て」

「はい」

そうこうしている間に、表からバイクが走り、止まりを繰り返す音がした。

合間には微かだが、何かをポストへ入れていく音も聞こえる。

「今のって新聞屋さんだよね？」

「早っ！　まだ三時過ぎだぞ」

洗面所に移動しながら優音が首を傾げるも、晴真は素直に驚く。

「うわ〜。早いのは知ってたけど……。そっか……。この時間には、もう町内を回ってるんだ」

「岡田《おかだ》ベーカリーのおじさんも、二時には起きて仕事を始めるって言ってたよね」

「あ！　言ってた。何種類もの酵母《こうぼ》パンの生地を用意するのに、二度も寝かせて時間がかかるし。それから形を作ったり、焼いたりして、お店に並べるまでに何時間もかかるって。あとは、惣菜《そうざい》パンだと中の具も用意するからって」

　大地が感心し、星夜が思い出したように口にすると、智也も「そうそう」と体験で聞いたときの話をする。

　これを見ていた樹季や武蔵も、なんとなく理解をしたのか「そうなんだ」「すごいね」と頷き合っていた。

「でも、そうやって考えたら、コンビニってすごいんだね」

　ふと、気付いたように星夜が言った。

「うん。ずっと開いてる。いつでも買い物ができるってすごいや」

「前に母さんが言ってた。仕事で帰りが遅くなったときでも、コンビニが開いてるから、買い物ができて助かるって。あと、夜道でも明るいから安心って」

　優音が大きく頷く横で、大地も思い出したように発する。

「あ〜。遅くに帰ってきたら、そうだよな」

「父さんに、アイスの土産《みやげ》も頼めるしな！」

　改めて年中無休・二十四時間営業の意味を実感しているだろう智也に対し、晴真の都合のいい発想が笑いを誘った。

「晴真くんたち、顔ふくタオル、ここに置くね」

「あ、樹季。ありがとう」

こんな会話で盛り上がりつつ、士郎たちは洗面所で歯磨きなどを済ませた。

ダイニングキッチンへ移動する。

(新聞配達か――。確かに、朝食の支度《したく》だけなら四時、五時起きでも十分だ。けど、それだと、今みたいな感想は出てこなかったんだろうな)

士郎は、改めて寧が自分達に知ってほしかったことを実感した。

いつもより早く、まだ陽も上がらないうちから起きるだけでも、それなりに大変さは想像できるだろう。

だが、このタイミングですでに働き始めている人がいる、それを目《ま》の当たりにすることで、想像に自分の体感が加わるのだ。

何せ、誰一人ごねることなく起きてはいるが、眠さと葛藤《かっとう》中なのは士郎も他の子供たちも同じだ。

そこへ、まだこんなに眠いのに？　もう仕事をしているの？　となるだけで、大変さへのイメージそのものが、大きくなる。

そしてそれは、働く家族への感謝や尊敬にも繋がっていき、最初に士郎が〝せめて自分の周りだけでも〟と願ったことへも繋がっていくのだ。

（ありがとう）

士郎はダイニングキッチンで準備を終えた寧や双葉を見ながら、自然と笑みが浮かんだ。

すると、何かを察したように両手を樹季と武蔵が握ってくる。

士郎を見上げて、ニコリと笑う弟たちに、多少だが眠気が飛んだ。

「顔、洗いました～」

「少しは目が覚めたか？」

晴真が手を上げながらダイニングキッチンへ入ると、双葉がからかった。

「ほんの少しだけ」

「だよな～。俺も眠いもん」

正直な二人の答えに、周りも安堵《あんど》したように「俺も」「僕も」と続いて、笑い合う。

「はい、は～い。またあとで寝ていいからね。さ、ここからの流れを簡単に説明するから、お手伝いよろしくね」

キッチンから出てきた寧が、ダイニングに集う子供たちに説明を始める。

お世辞にも料理は得意と言えない士郎も、真剣に耳を傾けている。

「最初に、ホームベーカリーでパンを仕掛けます。それからお米をといで、炊飯器に仕掛けるからね」

テーブルにはホームベーカリー二台と必要な材料が置かれていた。

炊飯器はキッチンストッカーに置かれているので、こちらはシンクでの作業になる。

普段は寧が寝る前に仕掛けて、朝食時に合わせて焼き上がるようにタイマーセットをしている。

だが、今日は一から見せるために、早焼きで二時間コース設定をするようだ。

「待って！　すでに量が違うんだけど。炊飯器二台だけでなく、ホームベーカリーも二台あるの!?　全部仕掛けるの？」

星夜が驚いて目を丸くした。

「ひとちゃんの焼きたてパンと、炊きたてご飯、美味しいよ！」

「ね！」

生まれたときから、家には炊飯器が二台あるものだと思い込んでいる武蔵と樹季は、星夜に「これが普通だよ」とばかりに話しかける。

それでもホームベーカリー使用の焼きたてパンが増えたのは、寧が今の製粉会社に入社した去年から。社員割で粉やパスタが購入できることを見越していた寧が、入社と同時に貯金から購入してきたのだ。

「俺たちまでいるんだから、そうなるよな」

「いや、でも――。遊びに来て〝いただきまーす〟ってだけじゃ、気がつかなかったよ。お鍋がデッカい！　とか、フライパンも一番大きいサイズだ――とかくらいは、思ったけど。でも、そう言えば、いつ来ても〝おかわりあるよ～。たくさん食べな～〟って言ってもらって、はーいって食べてた。そりゃ、この量になるよな」

感心する大地に、晴真が思い出したように返す。

よく、颯太郎や寧が「一人二人増えても、そう変わらないから」と言って笑ってくれたが、もともと足りないよりはと、多めに作る家なのだろう。

買い物へ行けなかった時のことも考えた備蓄量だとしても、一般家庭とは比較にならないが、こうしたところは士郎も目が慣れているせいか、特別には感じたことがない。

「今更だけど、兄弟全員が男子だし、双葉さんや充功さんはもう大人と同じか、それ以上食べても不思議ないもんね」

優音が納得しつつ、強力粉などの材料を量って、ベーカリーに入れていく。

「これだけでもお店みたいだ」

智也もベーカリーを扱うのは初めてだったからか、蓋を閉めてメニューセットをするだけでも、料理している気満々そうだった。

その後はシンクでお米をといで、二台の炊飯器を仕掛ける。

担当した晴真と大地がキッチン内にいる間、星夜は双葉と一緒に階段横の収納庫から人《にん》参《じん》やジャガイモなどの野菜を運んでくる。

士郎たちも、寧たちに言われるまま冷蔵庫から必要なものを出す。

「じゃあ、次は豚汁とミネストローネを作るから、みんなには具材を準備してもらおうかな。シンクとダイニングテーブルで分けてやろうか」

「はい！」

寧の声がかかると同時に、双葉がセットしたベーカリーを対面キッチンのカウンターへ移動する。

椅子も両脇へ寄せて、ダイニングテーブルをカウンターへくっつけた。

士郎も率先して、テーブル上に予備のまな板や包丁、ピーラー、大きなボウルやゴミ袋などを持ってくる。

「避難所生活体験とかキャンプみたいだね」

「うん」

広いダイニングテーブルを埋めていく材料と道具に、優音と星夜の笑顔が増す。

こちらは士郎と双葉が中心となって、野菜の下処理をしていく。

（よし！）

やはりここは家の者として、士郎も子供たちに野菜や道具を配分しながら、気合いを入れた。

「朝から豚汁とかスープって、夕飯みたいで豪華だな」

「それよりちゃんとご飯とパンの両方分の汁を作るのすごいよな」

いちいち感心している智也と大地を見ながら、双葉が吹き出しそうになっている。

「野菜たっぷりでおかずにもなる汁物だからね。逆におかずとしての数やデザートは少しかもよ？」

キッチンの中では、寧が樹季と武蔵にお手伝いをさせながら、全体に気を配っている。

士郎ともしょっちゅう目が合い、そのたびに「イイ感じだね」と言うように、アイコンタクトを交わす。

そのたびに、士郎がはにかむような照れ笑いを浮かべている。

「そもそもここは〝少し〟のレベルが違う気がする」

「この上、デザートって言葉が出てくるのが、もう神がかってるよ。うちなんか果物とかヨーグルトが出て来る日と、そうでない日で半々くらいだし」

玉葱《たまねぎ》やジャガイモの皮を剥《む》きながら、星夜と晴真が頷き合う。

「その点、優音のところは豪華なデザートとかおやつが出てきそう」

「うん。おやつは手作りが出てくるから、そこは美味しいかも。けど、ヨーグルトは作ってないかな？」

大地に言われた優音の視線が、キッチンカウンターに置かれているヨーグルトメーカーへ向く。ベーカリーと並んでタイマーセットがされているそれは、昨夜のうちに仕込まれたものだ。

「ああ――。うちは何かにつけて消費する量が多いからね。安価で増やせるものは、こうして増やしてるんだよ」

「とうちゃんとひとちゃんが作ると、プリンとかゼリーも大きいんだよ！」

「そう。大きな入れ物で作って、スプーンで分けてもらうんだよね！」

士郎が説明をしていると、武蔵や樹季が背伸びをして話に加わる。

その姿に優音が「可愛い」と微笑むが、

「何もかもがお店みたいだ」

「――うん」

大地と星夜はただただ感心し続けている。が、これには士郎が言い添えた。

「待って待って。さすがに毎朝この量はないよ。これは多分、お昼ご飯分も入っているはず。こうして下ごしらえをしておいたら、昼の準備が簡単にできるでしょう」

「そっか～！」

「よかった!!　これ全部が朝の分で、毎日やっているのかと思った！」

やはり誤解をしていたようだ。

士郎が山盛りの食材の説明をすると、二人ともかなりホッとしている。

「あ、昼はカレーにしようね」

そこへ寧が声をかけると、

「はい！」

「やった！」

「カレー大好き」

「俺も！」

「僕も」

晴真や智也、優音も加わり、大喜びだ。

これには士郎と双葉も顔を見合わせ、いっそう笑みを浮かべる。

（徐々に眠気が飛んできたかも）

他愛もないやり取りが続く中で、士郎はみんなの笑みが絶えないこと、徐々に顔つきにも覇気《はき》が出てきたことで、楽しくなってきた。

そうしてせっせと皮を剥いていた野菜が、ダイニングテーブルに積み上がる。

「じゃあ、野菜の準備ができたから、汁物から作っていこうか。さすがに、キッチン内に全員は入れないから、カウンターの外から見ててくれる？」

それからは寧が説明しがてら作業を進める。

「家では見たことがない大きさの、大鍋と中華鍋だ」

「大鍋は寸胴《ずんどう》って言うんだよ。ラーメン屋さんのカウンターに座ったときとかに、見たことがあると思うけど。あれの家庭用サイズ」

「うん、見たことがある。でも、そろそろ家庭用サイズの基準がバグってきてるかも」

「大地くんってば！」

誰かが何かを言うと、士郎が解説を買って出る。

「双葉、肉からちょうだい」

「了解！」

キッチンの中では、寧がカットされた一キロ以上はあるだろう豚こま肉を受け取ると、まとめて大きな中華鍋に投入、少量の酒と塩、粗挽《あらび》き胡椒《こしょう》で味を調えて炒《いた》め始める。

兎田家に「小分け」という概念《がいねん》はないに等しいので、大パックで買ってきた肉は、こうして一度の調理で使われる。カットされた野菜も同様だ。

これだけを見ても、三～四人家庭の子達にとってはダイナミックだろうし、確かに大地が言うように、家庭用サイズの基準もバグってきそうだ。

「すごい連携《れんけい》」

「寧さんも双葉さんもサクサク進めていくね」

「あ、炒めたお肉や野菜を寸胴とボウルに分けてる？」

「あれはカレーの分だよ」

ときおり樹季が得意げに話に混ざるのを聞き、士郎や双葉はそのたびに吹き出しそうになるのを堪える。

「そっか！　そしたら昼は煮込むだけになるもんな」

――と、ここで急にベーカリーが動き始めた。

「うわっ！」

「一次発酵《はっこう》が終わったから、二次発酵に入る前にこね直してるんだよ」

驚く大地に、士郎が説明をする。

すでにパン作り体験をしているので、大地もすぐに「そうか！」と納得だ。

「うちにはないから見たことがなかったけど、自動で食パンを作ってくれるのって、すごいな」

「炊飯器が美味しいご飯を炊いてくれるのもだよね」

ここでも新たな気づきがあったようだ。

智也と星夜がしみじみとうなずき合う。

普段から当たり前のように見ている、使っている家電だが、こうしてじっくり見ていると、これまでには抱かなかった感想が芽生《めば》えるようだ。

また、誰一人として「何を今更」というようなことも言わない。

これを聞いていると、士郎はいっそう嬉しくなる。

「さ、次はミネストローネだよ」

寧が先に豚汁を仕込むと、今度はミネストローネだ。

こちらは豆と細かく刻んだ野菜にホールトマトの缶詰などで煮込まれる。

以前、このミネストローネの残りで、充功もトマトパスタを作っていた。大量に仕込んでおいても、いろんな料理にアレンジができることから、兎田家では月に何度かは登場するメニューの一つだ。

このあたりも、士郎が子供たちに解説をしていく。

「あ、今度はご飯が炊けた！」

「そうしたら、あとはおかずかな」

その後も士郎を中心に、子供たちは朝食の支度進行を見たり、また手伝ったりをしていた。

ただ、士郎から見ても、今朝の寧は普段に比べて、ゆっくり作業をしていた。

過程を見せるためもあるが、いつもの朝食時間まで間をもたせる意味もあるのだろう。

（すごいな、寧兄さん。何も言わないけど、すべての段取りが計算ずくかなってぐらい、時間と進行がマッチしてる。やっぱり毎日やり続けてきたことだから、自然に調整できたりするのかもしれないな――）

士郎は、自分自身にも、新たな気付きがあることに、感動を覚えた。

「ベーコンとウインナーだ！」

「すごい！　オーブンで一気焼きするんだ」

「パンの焼ける匂いもしてきた！　美味しそう〜っ」

こうして三時半から始めた朝食作りは、七時前に出来上がった。

颯太郎が時間を見計らって下りてくる。

「おはよう。わ、もう出来上がってる。みんな早くからすごいね。――充功と七生は？」

しかし、未だに充功と七生は姿を見せない。

颯太郎もすでに全員一階にいるものだと思っていたらしく、二階の部屋は確認せずに下りてきたようだ。

「七生は充功の部屋で寝かせているから、起こしてくるよ」

「そうだったんだ。よろしく」

「僕も行く！」

「俺も！」

士郎が二階へ上がると、樹季と武蔵があとを追う。

何かと理由を付けては、くっついていく弟たちに、一人っ子集団な友人たちは、誰からともなく「いいな」「可愛いよな」と漏れる。

充功の友人達もそうだが、士郎の周りも一人っ子が多い。

「うわ――っ」

だが、当の士郎たちはと言えば、二階のフロアに上がったところで、充功の悲痛な声を聞く。

「「!?」」

士郎が慌てて充功の部屋の扉を開く。

「嘘だろう!」

「ん～?」

すると、ベッドの前で充功が七生を抱いてしゃがみ込んでいた。

どうやら七生に、オムツから漏れるほどの大洪水《だいこうずい》を起こされたようだ。

「あーあ。やっちゃった」

「あれ、二回分くらいかな?」

「それより早くシーツを替えないと」

武蔵と樹季が「あっちゃ～」と漏れそうになった口元を両手で隠すも、士郎だけは現実的だ。

「お前ら!」

「なっちゃも～。むにゃむにゃ」

充功が振り返るも、七生はいったいどんな夢を見ているのか!?

未だに目覚めることなく、タプタプを通り越したオムツで、充功にしがみついている。

「充功。そのままオムツ替えて、着替えなよ。シーツは僕がやるから」

「お、おう」

「みっちゃん！　七生のオムツセット持ってきた」

「士郎くん！　替えのシーツを取ってきたよ」

士郎が充功に指示を出す間に、武蔵と樹季が子供部屋に置かれていたストックを持ってくる。

呆気にとられていた割には、士郎の「シーツ替え」の言葉には即時反応していた。

だが、樹季と武蔵がキビキビ動けば動くほど、充功はバツが悪そうだ。

明らかに自分と七生だけが寝坊し、朝食準備にも参加できなかったことが、窓から差し込む日差しを見ても察しがつくからだった。

＊＊＊

「ぷっ」

七生が、無理矢理にでも起こしてもらえなかった――朝食作りに参加できなかった――ことにムッとしていたのは、ほんの一瞬だけだった。

「七生。朝のお仕事は、片付けもあるんだよ。そこで頑張ってほしいな～。俺もみんなもすっごく期待してるんだよ」

「……ん」

「ね！」

「あ、あいちゃ！」

これぞ寧の魔法の言葉に笑顔だった。

士郎は、内心「いつも、すごいな」と思う。

「じゃあ、たくさん食べて頑張って」

「あいっ。うんまよ～」

七生は見る間にやる気を出して、用意された朝ご飯を食べ始める。

「充功も、七生を朝まで寝かせてくれてありがとうね」

「――あ、うん」

そしてこの魔法は、夜更かしをして起きられなかった充功にとっても、絶大なフォローになっている。

「うん。確かに、七生くんにあの時間はきつかったもんね」

「みんなが起きたら、やっぱり起きたくなっちゃうだろうから、充功さんが一緒に寝てくれて大正解だったんだろうな」

優音や智也の言葉に、晴真たちも頷き、みんな笑顔で朝食を頬張る。

そもそも寝坊し、朝から七生の大洪水で下がりきったテンションを、どうにかキープしている充功には耳の痛い話だったが、それでも子供たちへの体面は保たれた。

双葉や士郎は必死で笑うのを堪えていたが、寧様々である。

「ご飯と豚汁美味しい！」

「パンとスープも美味しいよ」

食卓には共通のおかずとしてウインナーやベーコンが置かれ、それぞれの前には自分で選んだご飯と豚汁、焼きたてパンにミネストローネが置かれている。

中にはパンと豚汁で——などという子もいたが、結局は全員がお代わりで両方食べるなどの食欲を見せた。

小学四年生とはいえ、食べ盛りの男子だ。

見ていて気持ちがいいくらいよく食べるので、支度を誘導した寧や双葉は満足そうだ。

樹季や武蔵、七生も釣られるようにして食べている。

「ご馳走様でした！」

「みんなが作ってくれた朝ご飯、すっごく美味しかった！」

「うんまよ〜っ」

そうして食事が終わると、樹季と武蔵が立ち上がる。

「お片付けはまかせて!!　ね、武蔵。七生」

「うん！　いっちゃん」

「なっちゃもよ！」

七生も、ようやく自分の出番だと言いたげな顔で席を立つ。

すると、これに合わせて樹季が、すかさず担当を割り振った。

「そうしたら、七生は使い終わったスプーンやお箸《はし》を集めて持ってきて」

「あいちゃ！」

寧と七生が話しているときから、考えていたのだろう。

七生の手でも持てるもの、誤《あやま》って落としても壊れないもの、怪我をしないものとしてスプーンや箸を選んでいる。

また、武蔵には茶碗やカップ類を指示して、自分は残った皿などを順番に運んでいく。

「いつ見ても、すごいお手伝い力だな」

「ご馳走様《ちそうさま》をしたら、テレビかゲームっていう俺とは違いすぎて泣けそう」

「僕もだよ」

優音、智也、星夜がここでも感心する。

かといって、樹季たちがシンクを往復する間に、士郎が用意されていたヨーグルトバナナを盛った容器を配ってくれたので、「俺も」「僕も」と立ち上がるタイミングを逃してしまった。

なのでもう、ここは仕方がない。改めてデザートをいただきつつ、食べ終わったらお掃除でお返しだ！　と勢いづく。

「俺も最初に泊まったときに、ビックリしてさ。けど、士郎たちを見習って、家でもちょっとしたお手伝いをするようになったら、めちゃくちゃ母さんがニコニコするようになったんだ。お互いに〝ありがとう〟もたくさん言うようになって、すごくイイ感じだよ」

大地はすでに実践していたが、それを自慢することもなく、純粋に家の中が円満で居心地が良いことをアピールしていた。

「それはいいね」

「俺も真似しよう」

士郎が心から笑みを浮かべると、智也がこれに続く。

「俺は今日から武蔵になる‼」

「……武蔵？」

だが、いきなり晴真が「武蔵になる」と言い出すものだから、士郎も首を傾げる。

一緒に聞いていた颯太郎や双葉、寧や充功も顔を見合わせてしまう。

「お手伝いレベル。いきなり士郎や充功さんにはなれないけど、さすがに目指せ七生はやばいかなって」

「なるほど！　頭いい‼」

晴真にしては考えたようで、優音もすぐに同意した。

が、これに士郎が突っ込む。

「いや、せめて樹季レベルからいこうよ」

「あ、――だよな。へへへっ」

そうは言っても、樹季はすでに弟たちに指示が出せるレベルだ。手伝いの段取りというのを理解している。

そう考えると、まずは武蔵を目指すと言ったのも、あながち間違いではないかもしれないが――。

いずれにしても、ご馳走様でゲームをしていた子供たちが、進んでお手伝いの意欲を示してくれるだけでも、家事担当の母親達は喜ぶだろう。

それに、ねぎらいの言葉が付くなら、なおのことだ。

「それじゃあ、お昼のカレーライスまでに、お掃除やお洗濯の手伝いをしよう!」

「「「「オーッ!!」」」」


それから子供たちは、有言実行。寧は、朝食のあとは仮眠を取らせるつもりでいたようだが、率先して掃除や洗濯を手伝った。

続けて起きていることで、早朝勤務のなんたるかを簡易的にだが体験しつつ、「お昼はカレーライス！」を合い言葉に、頑張ったのだ。

だが、昼食を摂《と》る頃には、誰もが欠伸《あくび》を繰り返していた。

しかし、これもまた体験のうちだ。

午後には、兎田家での〝朝が早いお仕事の早起き〟体験は終了したが、玄関先で挨拶をする子供たちは、誰もが眠そうにしている。

「今日は本当にありがとうございました。新聞屋さんが来たときにも思ったけど、いろんな時間に働いている人がいるんだな、働くって大変なんだなってことがわかりました」

代表で頭を下げた大地も、必死に欠伸をかみ殺していた。

「みんな偉いね。俺は何も説明してないのに、ちゃんとわかっていて」

それでも寧に褒めてもらうと、嬉し、恥ずかしそうに笑って見せる。

「早起きもそうだけど、先に職業体験ができていたからだと思います」

「うん！　こんなに朝早く起きるのって大変、それで毎日仕事行くんだ――もっと大変って思うのは、やっぱり今週の体験があってこそだもんな」

「遊びじゃないもんね」

「仕事だもんな！」

優音、智也、星夜、晴真も、今にも睡魔に囚《とら》われそうだが、ここが踏ん張りどきだとばかりに耐えているのがわかる。

「その感想。帰ったらお父さんやお母さんにも伝えてあげて。きっとみんながビックリするくらい喜んでくれると思うから。ね、士郎」

「うん」

寧が士郎の目的を代弁するように話してくれる。

士郎もこれに大きく頷く。

「「「はい！」」」

子供たちにも十分通じたようだ。

「じゃあ、順番に送って行くから車に乗って」

ここで車の鍵を持った颯太郎が、声をかけて表へ誘導した。

「「やった！」」

「「はーい」」

士郎は見送りに立つ寧に、「僕も一緒に送ってくるね」と伝えて車に乗り込んだ。

車内からは、最後まで子供たちが手を振り、寧もこれに返す。

「いってらっしゃ～い。みんな、またね～」

こうして長いようで短い半日の体験が終わった。

だが、寧の家事はこれで終わりではない。

それは、車に同乗した士郎もわかっている。

「さてと！　来週分の仕込みだ仕込み！」

平日の食事の支度をスムーズにするためにも、野菜の下処理や惣菜の作り置きは必須だ。

それこそ今朝の支度どころではない、大量の食材と格闘するのが、寧の週末ルーティーンだからだ。

きっと寧は、今一度ダイニングキッチンへ向かっていることだろう。

そして、これを見た双葉や充功も。

「あ、俺も手伝うよ。寧」

「俺も俺も～」

「ありがとう。それじゃあね……」

士郎は、猫の手も借りたいときは遠慮はしない寧のことだ、きっと双葉や充功と一緒に惣菜作りを始めているだろう――と想像をした。

そして、樹季、武蔵、七生はと言えば、

（持つかな？　いや、持たないよな）

士郎の想像通り、いつの間にかバスタオルを上掛け代わりに、リビングのソファで眠ってしまっていた。

その寝顔は誰もが〝やりきった感〟で満たされていた。

「ただいま〜」

颯太郎と士郎が帰宅をしたのは、自宅を出てから三十分以上が経ってからだった。

新町から旧町まで行き来をするにしても、移動は車だ。

しかし、行く先々で母親からお礼を言われ、また颯太郎からもお手伝いのお礼などを伝えていれば、これくらいはかかってしまう。

「お帰り」

「わっ。すごいことになってるね」

「やっぱり朝の比じゃないね」

キッチンのシンクからダイニングテーブルを使って行われている野菜の下処理は、士郎の想像通り食堂の仕込みのようだった。

颯太郎と士郎は、見慣れた量ではあるが、思わず笑ってしまう。

「あ、父さん。今週は大分日中に時間を取ってくれたし、睡眠や仕事の調整がいるでしょう。ここは俺たちだけで済ませておくから、夜までゆっくりして」

「ありがとう。それじゃあ夕飯までもう一仕事させてもらうね」

寧の気遣いにより、颯太郎はこのまま三階へ。

「ありがとう、お父さん」

士郎はダイニングを出る後ろ姿を見送りながら、本日いくどめかのお礼を言い、また颯太郎は振り向きざまに一笑《いっしょう》を浮かべてから、階段を上がっていった。

そうして、士郎は寧たちのほうへ向きを変えると、

「今回はありがとう。寧兄さん。双葉兄さん。もちろん、充功もね」

この一週間、協力し続けてくれた兄たちにも、きちんと頭を下げてお礼を言った。

「どういたしまして。俺も楽しかったよ。それに、士郎に気のいい友達がいることや、こうして家に来てくれるのは本当に嬉しいし。みんなが俺の可愛い弟を大切にしてくれてるのが伝わってくるから、余計に何かしたくなっちゃうんだ。ね、双葉」

「まあね！　っていうか、それは俺たちより充功のほうが普段から――、だろうけどさ」

「……」

寧たちが嬉しそうに答えるも、双葉にからかうように話を振られた充功は、照れくさそうだった。

特に答えることもせずに、ピーラーでジャガイモの皮むきを再開する。

「ところで、樹季と武蔵、七生は？」

士郎も手伝うつもりで、ダイニングテーブルへ向かった。

双葉から「そうしたら、これを」とピーラーを渡され、人参の皮むきを任される。

「さっきソファで寝ちゃったから、上に連れて行ったんだ」

そう言った寧は、再びキッチンで動き始める。

先に皮が剥かれた分の玉葱などの野菜をフードプロセッサーにかけながら、大量のみじん切りを作っていた。

カウンターの上には、合い挽き肉の大パックや玉子のパック、牛乳やパン粉なども置かれており、今から肉団子やハンバーグといったものを作るようだ。

士郎の顔に自然と笑みが浮かぶ。弟たちの手前もあり、好き嫌いはせずに何でも食べるが、お肉が好きなのは変わらないからだ。

「ちょっとやそっとじゃ起きない感じで、ぐっすりだったよ」

人参を士郎に任せた双葉は、玉葱の皮むきだ。

これが終わったらキャベツをどうにかするのだろう、横には箱で置かれている。

(ロールキャベツもあるかも)

士郎はさらに今週のおかずを想像しながら、張り切って手にしたピーラーを動かす。

「まあ、そうなるよね。樹季と武蔵は朝ご飯を終えたあたりで、いつ寝ても不思議がなかったし。七生からすれば、いつも今頃が昼寝タイムだもんね」

「お前も無理せず寝たらどうだ?」

若干もたつきながら人参の皮を剥く士郎の前で、案外手先が器用な充功は、スイスイとジャガイモの皮を剥いていく。

「今寝たら逆に夜に眠れなくなっちゃうよ」

「そっか——」

普段の会話なら、ここから更に続きそうだが、今だけは二人とも皮むきに真剣だ。

この様子に双葉と寧は目配せをし合うと、それぞれクスッと笑うのだった。

3

夏祭りから職業体験と慌ただしい日々が続いたが、これでホッとひと息——とはならないのが、士郎の日常であり平日の午後だ。

「しっちゃ～っ」

昼食も終わって、七生がお尻をふりふり。士郎の足に纏《まと》わり付けば、

「士郎くん！　だーい好き」

樹季が負けじと、腕に手を絡ませる。

「しろちゃん。バトルカードしよう！」

武蔵など、士郎の左右手足が塞《ふさ》がれているのを見越して、正面からカードケースを持ってニッコリ誘った。

「バウンバウ～ン」

しかも、今日は隣家の老夫婦に飼われるセントバーナードの成犬の♂《オス》で、士郎たちにとっては兄弟同然のエリザベスも一緒だ。

突く。

士郎の前面、左右が塞がれているなら、背後から「俺も俺も」とばかりに鼻先でお尻を

三人と一匹が揃ってこうしているのは、これ自体がすでに〝士郎に構って攻撃〟という遊びなのだろう。

もしかしたら、一番言うことを聞いてもらった人が勝ち――などというルールかもしれない。最近、樹季や武蔵が考える遊びは、侮《あなど》れないのだ。

「はいはい」

意図はわかっているので、士郎の返事には「やれやれ」といった心情が含まれる。

それでも悪い気がしていないのは、兄弟の上から下までが自他ともに認める筋金入りのブラコンだからだ。

特に下に甘いのが共通だが、取って返せば上へ行けば行くほど甘さが増している。

そういう意味では、寧の弟溺愛ぶりは、間違いなく群を抜いていた。

昨年の春に事故で母親を亡くして以来、母親代わりも増えたためか厳しい面もあるにはある。

だが、それでもここまで培《つちか》ってきたブラコンが圧勝だ。

(充功がいないとこれだもんな)

普段は率先して樹季たちを構ってくれる充功は、久しぶりに同級の友人達と約束があり、

朝から出かけていた。

颯太郎と寧は仕事、双葉はアルバイト、夏休みとはいえ平日ともなればこれが通常だ。

もちろん、颯太郎は「大変だったらいつでも呼んでいいからね」と言い、充功も「メールしてくれたら、すぐにでも帰るから無理はするなよ」と言ってくれた。

――が、だからこそ士郎は「ここは僕が」と、内心で握りこぶしだ。

そして、纏めて面倒を見る――ひとまず大人しくさせておくとなると、まずはこれだ。

「それじゃあ先に、今日の分の宿題から片付けようか」

樹季と武蔵を机に向かわせ、七生はエリザベスに任せる作戦だ。

「――え？　僕、あとは日記だけだよ。日記は寝る前に今日あったことを書くから、今はできないよ」

「俺も！　もう終わってるよ。しろちゃん、あとは遊ぶだけだね。偉い偉いって言ってくれたよ」

しかし、これに樹季と武蔵はキョトン顔。

（あ！　そうだった）

驚異的な記憶力を持つ士郎だけに、忘れていたわけではない。

ここ一週間は体験学習で外へ出ずっぱりな上に、これが夏休みに入ってからの定番台詞になっていたため、うっかり発してしまった。

それにしたって、小学二年生と幼稚園年中《ねんちゅう》の宿題とはいえ、夏休みも折り返したくらいで終わっているところがすごく立派だ。

当然、双葉はバイトと調整しながら進めているし、士郎は最初の数日で主だったものは終えている。あとは自由研究として選んだ職業体験のレポートを作成するだけだ。

こうなると、毎年恒例のように新学期前にアワアワするのは、充功だけ。

これも家遊びの感覚で自習や宿題をやっているからこその結果だが、今日だけは困る。

士郎はこの場で代案を考える。

「くぉ～んっ」

「しっちゃ～っ。おんも～っ」

すると、エリザベスと七生がタッグを組んでお強請《ねだ》りをしてきた。

「そうしたら、みんなでエリザベスのお散歩へ行く？　けど、日差しが強くないかな？　やっぱりカードゲームのほうがいい？」

「しろちゃん！　俺、ゲームはあとでいいよ！」

いつにも増して物分かりのいい武蔵が手を上げる。

「みんなで帽子を被って、水筒とおやつも持って、木陰《こかげ》探ししながら行ったらいいよ！　ね、七生。エリザベス」

「あいちゃ！」

「バウン！」

樹季が見事にまとめ上げて、エリザベスの散歩という名の簡易ピクニックが決定する。

やはり最近の樹季は侮れない。

だが、水筒におやつまで言われたら、士郎もおかしくなってきて、反対もできない。

ただの散歩では終わらせない、外へ出たら目一杯楽しむもんね！　という樹季の意気込みには、感心するばかりだからだ。

「了解。そうしたら、エリザベスの散歩がてら公園に行って、おやつを食べようか。僕、お父さんに言ってくるから、樹季と武蔵で準備しといてもらえる？」

「「はーい！」」

「やっちゃ！　えったん、ねー」

「バウン！」

支度を樹季と武蔵に任せて、士郎は颯太郎のところへ報告に向かうことにした。

二階のフロアに下ろした、屋根裏部屋への階段梯子を慎重に上っていく。

「お父さん。ちょっといい？」

階段を上りきったところで、ひょこっと顔だけを出して、作業中の颯太郎に声をかける。

屋根裏部屋だけに天井までが低いが、それでも二階の七割程度の広さを持って、仕事場兼寝室として改築しているので、快適そうだ。

冷暖房からトイレや簡易キッチン、冷蔵庫も設置されている。

「どうしたの？」

振り向いた颯太郎に、エリザベスの散歩ついでに公園でおやつを食べてくること、七生もいるのでそんなに長時間のつもりはないことなど、要点を伝える。

「——そう。そうしたら、一応これを持って行って。今日は充功も別行動だしね」

すると、颯太郎はデスクの上から、すでに他界している母親の形見の一つである携帯電話を手に立ち上がる。

そして、出入り口から顔だけを出す士郎に手渡すと、ニッコリ。

「迎えが必要なら、いつでも呼んでいいからね。気をつけて行ってらっしゃい」

「はい。ありがとう！」

士郎は受け取ったそれを嬉しそうにズボンのポケットへしまい、足下に気をつけながら階段を下りた。

兎田家では、スマートフォンは中学へ上がってからというルールだが、士郎はすでに颯太郎からお下がりでもらったノートPCを持っている。

リビングには家族共有のデスクトップパソコンも置かれているし、時間は限られるが友達同士のネットワーク環境には困っていない。

だが、それでも母親の形見の携帯電話は別格だ。

颯太郎が名義を残して使えるようにしている宝物のひとつだとわかっているので、これを預けられると、目的どうこうよりも、まずは喜びがくる。

（あ、そうしたら充功にも居場所をメールしておくほうがいいか）

士郎は二階から一階へ下りる途中の踊り場で、これから公園へ行くことをメールした。

きっと母親の名前でメールが届き、充功も焦りつつも、嬉しいだろうことまで想像してしまう。

すると、すぐに「了解♪　今日はこっちへ連絡するわ」と返って来る。

浮かれた「♪」付きのメッセージに、充功の笑顔が見えるようだ。

「よし！」

そうして一階へ戻ると、下駄箱前には帽子を被り、小さめのリュックを背負った樹季たちが、今か今かと目を輝かせて待っていた。

そうとう急いで支度をしたのがわかる。

「おやつと水筒は僕で、敷布とエリザベスのエチケットセットは武蔵。あと、オムツセットは七生のリュックに入れたよ！」

「はい！　しろちゃんの帽子！」

「ありがとう。ちょっと待ってて」

士郎は笑いを堪えながら、リビングダイニングへ戻って部屋の中を確認した。

キッチン周りも特に問題がないことを見てから、自身も斜めがけ鞄を持って、携帯電話やハンドタオル、また貼るタイプの冷却シート数枚などもこれに入れる。

「じゃあ、行こうか」

玄関へ向かうと、すでに靴を履いている武蔵からメッシュキャップを受け取り、しっかり被る。あとは鍵を持ち、エリザベスに付けられた頑丈なリード、七生のリュックから伸びたハーネスを握るだけだ。

子供のハーネスには、まだまだ賛否両論があるようだが、兎田家では万が一を想定すると「使う」一択。一瞬何かに気を取られたら、急に走り出すのはエリザベスよりも七生のほうだとわかっているからだ。

「それじゃあ、お散歩ピクニックへ出発！」

「バウン」

「やっちゃ〜っ」

「あ、七生。ちゃんと手も繋ぐんだぞ」

「あいっ。むっちゃ」

ハーネスだけでなく、しっかり手も繋ぐ。

兄弟で代々習慣化してきたこととはいえ、完璧な散歩スタイルだ。

「なるべく日陰を歩こうね」

「「はーい」」

「あいちゃ」

そして一歩家を出たら、現場の最年長の言うことは絶対厳守だ。

だが、こうしたところは規律の取れた縦社会というよりは、ただただブラコンのなせる技。確かに兄は弟に甘いが、その分弟は兄の言うことをよく聞くからだった。

「お散歩♪　お散歩♪　嬉しいな～♪」

「公園行ったら誰かいるかな？」

「ね～」

閑静な住宅地内の道だけに、歩道ラインがある場所、ない場所はあるが、全員が壁にそって歩いて行く。

先頭に樹季、中程の武蔵と七生、最後尾にエリザベスと士郎だ。

「カァ」

すると、士郎たちの頭上にカラスが飛んできた。

「みゃんっ」

民家の壁の上には、首輪を付けた茶トラの猫も現れる。

（あ、裏山の。もしかして、付いてくるのかな？　一緒に遊ぶ気？）

「バウン」

エリザベスや士郎が視線を向けると、馴染みのある茶トラが目を合わせて、尻尾をふりふり。頭上では今一度「カァ」と鳴いた。

どうやら士郎が想像したとおり、付いてくるようだ。

この辺りを縄張りにしているカラスは、兎田家の裏側にある小高い山を根城《ねじろ》に、野犬や野良猫たちと一緒に暮らしている。

また、そこへよく遊びに来ている茶トラは、未だにどこの猫だかはわからないが、捨て猫や迷い猫の類いではない。いつも身綺麗にされていて毛艶《けづや》もいいので、放し飼いなだけだろう。

カラスと共に町内の様子を窺っていることも多いので、裏山の仲間達に危害が及ばないように見張り、また何か情報を得たら報告している。

――と、士郎は想像している。

なぜなら、彼らは人の助けがいるようなトラブルが起こると、エリザベスを通して士郎に「助けて」やら「すぐ来て」などと伝えてくるからだ。

すでにエリザベスの吠え方パターンは熟知したので、最近は持ち歩いていないが、士郎が市販品を改良した〝ワンワン翻訳機〟で、エリザベスの言い分を理解できることを、知っているからだ。

（それにしても、どこの猫なんだろうな？　家探しなんてしたことがないけど、知り合いの家じゃないのは確かだ。多分、新町でもない気がするから、旧町か――もしくは、裏山の向こうの平和町かな？）

そして時に彼らは、兎田家の庭へもやってくる。

いくどとなく姿を見ていることもあり、樹季や武蔵、七生も気がつくと「こんにちはー」と言って、手を振っていた。

そのたびに茶トラは尻尾をぴゅんと振って応えている。

思いがけないところで散歩仲間が増えて、樹季たちはいっそうご機嫌だ。

（――頭がいいんだよな、カラスも茶トラも。そう言えば、先週は忙しくて裏山に顔を出してないや。今週は差し入れのおやつでも持って、行ってみようかな）

そうして士郎たちは家から一キロ程度の、町内でも一番大きな第一公園へやってきた。

士郎の通う小学校と自宅の真ん中くらいにあると同時に、希望ヶ丘旧町と新町で見ても、丁度真ん中くらいの位置にあることから、普段からここへ集う子供は多い。

野球やサッカーなどができる広さのグラウンドが隣接しているのも、人が多い理由だ。

「あ！　優音くんだ」

出入り口に設置された馬柵《ませ》まで来ると、樹季が声を上げた。

「ポメ太も一緒だよ！　よかったね、エリザベス」

「バウン！」

「やっちゃ〜。いっとよ〜っ」

園内にいた優音と飼い犬のポメラニアン・ポメ太が声に気付くと、手を振りながら向かってくる。

「「こんにちは！」」

「こんにちは！　樹季くんに武蔵くん。七生くんにエリザベスまで――。士郎くんとお散歩？　あ、お出かけか！」

全員が荷物持参だったからか、ただの散歩には見えなかったのだろう。

優音か「どこへ行くの？」と聞いてくる。

――それはそうだよな。

そう思いながら、士郎が答える。

「エリザベスの散歩がてら、公園でおやつを食べようってなったんだ」

「優音くんも一緒に食べようよ！　きっとお友達がいると思って、少し多めに持ってきたから！」

「冷たい麦茶も持ってきたよ」

「本当！　嬉しいな」

樹季や武蔵は、こんなこともあろうかと――と、準備に抜かりがないことに鼻高々だ。

優音もこの誘いには、歓喜する。

しかし、士郎だけは気になった。優音とポメ太は、すでに散歩を終えて、帰ろうとしていたところに見えたからだ。

「優音くん。時間は大丈夫なの？」

「うん。遅くなるようなら、家に連絡を入れればいいだけだし。ポメ太も久しぶりにみんなと会えて嬉しそうだから」

「よかった」

確認を取ると安堵する。

優音は早速、ズボンのポケットからスマートフォンを取り出して、メールを打っている。

樹季たちは顔を見合わせて、ニコニコだ。

だが、エリザベスだけは、いつにも増して尻尾を大きく振っていた。

人気の少ない公園内を見渡し、走りたくなってきたのだろう。が、さすがに充功や双葉ではないので、エリザベスに合わせて走るのはできない。

「そうしたら、僕は少しエリザベスを歩かせてくるから。樹季と武蔵で木陰に場所を作っておいて」

士郎は、エリザベスにも聞こえるように「歩かせる」と言って、あとは樹季たちに任せた。

「「はーい」」

「なら、僕は樹季くんたちのお手伝いをするよ。七生くん、ポメ太と遊んでくれる？」

「あいちゃ！」

優音もすぐに自分の分担を理解し、動いてくれる。

士郎からしたら、有り難いなんてものではない。

「じゃあ、何周かしようか。あ、できるだけ早歩きをするからね」

「バウン」

士郎は七生のハーネスを外し、鞄にしまってからエリザベスを連れて公園内を足早に回り始めた。

すると、茶トラがエリザベスの隣へ寄ってきて、一緒に歩き始める。

「みゃん」

「一緒に回ってくれるんだ。ありがとう」

――では、カラスはどこへ？

士郎が辺りを見回すと、樹季たちがシートを敷き始めた木陰の枝に下りている。

まるで、士郎の代わりに見守っているようだ。

「裏山のみんなは元気にしてる？　暑さでバテたりしていない？」

「みゃんっ」

「バウン」

士郎が茶トラに話しかけると、答えるように鳴く。

そしてエリザベスが通訳でもするように、更に鳴く。

「そう。よかった」

やはり、茶トラは士郎の言うことを理解し、またエリザベスは茶トラの言いたいことを理解して、それを士郎に伝えている。

(こうなると、一度茶トラに翻訳機を付けさせてもらって、データ収集をしてみたいな。最初はエリザベスの通訳がいるだろうけど、ちょっとした感情をダイレクトに理解するだけでも、みんなとの交流が密《みつ》になりそうだし。けど、これぱかりは、飼い主さんの許可がないとな――)

士郎は、これまで気にしていなかった茶トラの飼い主のことが、急に気になり始めた。

だが、木陰のカラスが声を急に上げたのは、このときで――。

「キャン!」

「バウン!」

「みゃっ!」

反射的に振り返ると、ポメ太やエリザベス、茶トラも声を上げた。

「何――、え!?」

士郎が目視《もくし》したときには、束縛のない茶トラが真っ先に木陰に走る。

ノーリードで颯爽と走ってきたシベリアン・ハスキーが、樹季たちに向かって行ったからだ。

「嘘っ！」

慌てて士郎もエリザベスと共に走った。

異変に気付いた優音や樹季が、驚いて「わぁ」「きゃあっ」と叫ぶ武蔵と七生を後ろ手に庇《かば》い、その前に小柄ながらポメ太が立ちはだかった。

更に、その隣に小さな茶トラが走り込んで、全身の毛を逆立てて威嚇《いかく》をする。

「バウバウ！」

また、士郎に繋がれているため、全力で走れないエリザベスも、威嚇をするように大きく吠えて、カラスもいつになく嗄《しわが》れた声を上げ続ける。

「オンオ～ン」

だが、ハスキーは全力で尻尾を振って突進していく。

ご機嫌な様子から、襲う気がないのは遠目からも見てわかる。

しかし、仮に「遊び相手を見つけた！」と喜び勇むにしても、ノーリードで初見の、それも大型に入るサイズの犬からの突進など、子供たちには恐怖でしかないだろう。

「待てっ！　ストップ！」

士郎は駄目元で大声を発した。

リードはないが、首輪が付いているように見えたからだ。

「ハスキー‼」

ほぼ同時に馬柵のほうからも声が聞こえる。

「――っ⁉」

これらの声に反応してか、ハスキーがポメ太たちの前でピタリと止まった。

「ハスキーっ！」

しかし、全力でハスキーを追いかけてきたのだろう、飼い主と思われる少年は、出入り口の段差で足を取られたのか、勢いづいて前のめりに転んだ。

しかも、目の前の馬柵を避けようとしたからか、身体を捩《よじ》ったことで横転してしまう。

「うわっ！」

「痛いっ‼」

これには見ていた樹季と武蔵が、代弁するように声を上げた。

士郎が慌ててエリザベスのリードを樹季に預けて、馬柵まで走る。

だが、なぜかハスキーは着いてこない。

それどころか、ポメ太や茶トラ、エリザベスにまで威嚇されながらも、尻尾を振って「遊んで～」と、アピールし続けるのだった。

＊＊＊

（ハスキーに〝ハスキー〟って名前を付けてるんだ。優音くんの、ポメラニアンにポメ太よりも、更にストレートだな）

ふと、そんなことが頭に過りつつも、士郎はその場に俯《うつぶ》せるようにして倒れ込んだ少年の元へ駆け寄った。

膝を折って、少年の肩に手を伸ばす。

「大丈夫？　痛いのはどこ？　足？　腕？　お腹は打たなかった？」

「……」

少年は士郎の手を弾くと、自分で上体を起こした。

被っていたキャップがはらりと落ちる。

（金髪？　銀髪？　いや、灰金《はいきん》か！　確かにゃんにゃんのキャラに、そんな髪色のキャラがいた）

士郎が双眸を見開いた。

「……っ」

少年は躓《つまず》いたところで馬柵にぶつかり、横転までしてしまったからか、上体を起こしながら舌打ちを漏らした。

痛みや運の悪さに憤《いきどお》っているのが、ひと目でわかる。

しかし、そんな彼は癖のあるツートップのアッシュゴールドヘアに、淡い褐色の肌を持っていた。彫りの深い顔には、スッと通った鼻筋、ハスキーと同じアイスブルーの瞳が輝き、形のよい眉がスッと引かれている。

だが、その薄い唇は「踏んだり蹴ったりだ」と言わんばかりに、への字に結ばれていた。

（七生がふて腐れているみたいだ）

相手は、外国映画のスクリーンの中から出てきたようなイケメン少年だが、七生と被ったところで、士郎は笑いそうになる。が、さすがにそれは、相手のキズ口に塩を塗ることになる。士郎はグッと我慢し、改めて手を差し伸べた。

「きゃっ」

「バウッ!!」

「キャンッ」

（――え!?）

今一度声をかけようとしたところで、七生やハスキー、エリザベスの声が聞こえた。

士郎たちが振り返ると、ハスキーがエリザベスに首根っこを噛まれ、身体ごと押さえ込まれている。

おそらくまた「遊んで」をやらかしたのだろう。

七生はビックリしただけのようだが、エリザベスの動きからも一目瞭然だ。

「ハスキー！」

少年がよろけながらも、キャップを拾って立ち上がる。

「大丈夫だよ！　エリザベスは君の犬を叱って、躾《しつ》けているだけ。遊びたいのはわかるけど、落ち着けって。リードも無しに近づいたら、怖がられるんだって、教えているだけだから！」

士郎は一緒に立ち上がり、まずは飼い主である彼に落ち着いてもらおうと、説明をした。

「——!?」

少年には思い切り怪訝《けげん》そうな顔で見られてしまった。

こんなときに、初めて見るアイスブルーの瞳は感情が読みにくい。

それどころか、士郎の戸惑う姿ばかりが、鮮明に映し出されて見える。

（……あ、通じない？　というか、そもそも何語圏の子なのかな？）

顔つきや体つきで、推定年齢だけなら士郎と同じか、その前後くらいだろうという予想がついた。

しかし、一見だけではどこの国の子供なのか、わからない。

そもそも士郎に外国人の知り合いはいないし、どんなに記憶を辿ったところで、海外ドラマや映画は、ほとんど見たことがない。

仮に何本か思い出すにしても、世界的に有名な作品で、かつ樹季たちが一緒に見て喜びそうな日本語吹き替え版だ。

こんなことなら字幕で観ていれば——と思ったところで、そもそも何語圏の子なのかがわからなければ意味がない。場合によっては、だんまりを決め込んでいるだけで、日本生まれの日本育ちなどというパターンもある。

だが、このままでは立ちゆかない。

【日本語、英語、どちらかわかる?】

士郎は、ネット動画や翻訳サイトを通じて覚えた英単語や、ちょっとした短文の組み合わせで話しかけてみた。

【アラビア語と英語】

一応、返事はもらえたが、先に出てきた言葉が〝アラビア語〟だ。

(——え⁉ アラブ圏? あ、場所によっては公用語がこの二種になるんだっけ?)

さすがにこれは想定外だった。

それでも、英語ならどうにかなるかもしれない。士郎は話を続ける。

【君の犬、無事。僕の犬、怪我はさせない。安心】

【本当？　平気？】

するとと、少年も英語で返してきた。

士郎が片言なのを察してか、ゆっくり話してくれる。

【うん。腕、足、痛い？】

【ちょっとだけ】

【歩ける？】

【――ああ】

士郎は心から「よかった！」と思い、少年を優音たちのところまで誘導した。

少年は、歩き出しこそヨロヨロしていたが、すぐに足を引きずることもしなくなった。

これなら見たまま腕や足の擦り傷に、あったとしても軽い打ち身で済んでいそうだ。

「士郎くん！　僕、お出かけ用の救急セットも持ってきたよ」

優音たちの側まで行くと、樹季がリュックの中から携帯おしぼりや消毒シート、軟膏や絆創膏《ばんそうこう》などを入れた、ファスナー付きのビニールケースを取り出した。

誰か転ぶことまで想定したのか、士郎以上の品揃えだ。

これには士郎だけでなく、優音も驚いている。

「――わ。すごいね、樹季。そうしたら、彼の手と足をみてあげて」

「うん！」

「お兄ちゃん。ここ、どうぞ。座って！」

そんな樹季のお手伝いとばかりに、武蔵は少年を木陰に敷いたシートへ誘導し始めた。

しかし、少年の目の前では、ハスキーがエリザベスに押さえ込まれて、情けない声で鳴いている。

だが、そんなことはいっさい気にせず、七生まで一緒になって「にっちゃ、えんとよ！」と、座って見本を示した。

言葉の壁などまったく気にしていないちびっ子達は、身振り手振りに笑顔を駆使して、少年を座らせた。

あとは樹季が、看護師さんさながらに「まずは綺麗にしま～す」などと言って、怪我の手当をし始める。扱い方が、完全に武蔵や七生を相手にしているときと一緒だ。

少年は、かなり恥ずかしそうにしていたが、それでも大人しく手当をされているので、士郎もホッとする。

「士郎くん。これ、使って」

すると、今度は優音がポメ太のリードを外して渡してきた。

ポメ太は薄茶の毛こそふわふわしているが、体高は二十センチ、体重も二キロ程度だ。

これなら抱いて帰れると判断したのだろう。

「ありがとう。そうしたら、これはエリザベスに使って――。こっちをハスキーに」

士郎は、優音から細いリードを受け取ると、迷うことなくエリザベスへ装着した。

そして、エリザベスに付けていた太いリードを外して、こちらをハスキーの首輪にガッツリ繋ぐ。

「クォン〜ッ」

すると、ハスキーが手錠《てじょう》でも掛けられたような、切ない声を上げる。

（まさか、いつもノーリードで散歩してるのかな？　さすがにそれは、ないよね？）

この様子に士郎は眉を顰《ひそ》めるも、エリザベスに繋いだ細いリードの持ち手は鞄に結んだ。

そして、ハスキーに繋げた太いリードをしっかり手首に巻き付けてから、

「エリザベス、もういいよ。ありがとう」

「バウン」

エリザベスにハスキーを開放させる。

「オン！」

「駄目っ！　ノー!!」

「ッ！」

思った通り、立ち上がると同時に「遊ぼう！」モードになったハスキーのリードを、士郎がグッと引き寄せる。

「お座り。シッダウン」

「――」

まずは目と目を合わせて、上下関係をわからせる。

ハスキーの隣には、士郎の言葉と共に、エリザベスや茶トラまでもがお座りをしている。条件反射だろうが、士郎からするとハスキーにとってはいい手本だ。

ハスキーもこれに習うように、その場に座った。

「ハスキー。身体は大きいけど、まだ一歳くらいかな？　遊びたいのはわかるけど、ここはドッグランじゃない。しかも、小さな子に飛びかかって、万が一怪我でもさせたら、すごく大変なことになる」

ハスキーには通じないだろうが、エリザベスならこれで理解をする。

士郎は、敢えて普段どおりに叱った。

すると、

「クォ～ン」

「バウバウ。バウ」

「みゃっ！　みゃ～っ」

「クォ～ン」

エリザベスどころか、茶トラにまで通訳されたのか、「ごめんなさい」とでも言うように、ハスキーが頭を下げた。

今さっきまでブンブン振っていた尻尾も、バツが悪そうに垂れ下がっている。

「わんたん、めっっね」

様子をチラチラと見ていた七生も、状況は理解しているらしい。

「きっとエリザベスたちが、駄目だよって教えてるんだよ」

「ビックリしたもんな！」

「本当。ビックリしたね」

「あん」

樹季や武蔵、優音やポメ太まで、うんうんと頷き合うものだから、少年も空気を察したのか、バツが悪そうだ。

「じゃあ、お説教はこれで終わり」

「本当！　しろちゃん」

「そうしたら、お菓子出すよ。あ、武蔵のほうには、エリザベスのおやつも入れてきたから、このねこちゃんとわんちゃんにもあげていい？」

気持ちの切り替えの早さは、兄弟共通だ。

樹季がリュックの中から一リットルサイズの水筒や試飲用かと思うような小さい紙コップ、颯太郎手製のドラゴンソード柄の風呂敷包みを取り出し、敷布の上に広げた。

風呂敷の中には個包装されたクッキーやお煎餅、スナック菓子や犬猫用のジャーキーが入っている。

おそらく公園で友達に会うことを期待していたのだろう、たとえ少しずつでも全員に行き渡るようにと気遣う量があった。

(――本当にあの一瞬で準備をしたのか？　もしかしたら、お菓子と水筒以外は、リュックに入れっぱなしだったのかも？)

あまりに整っているので、士郎は不思議に思った。

しかし、夏休みに入ってからというもの、弟たちと公園などで、ちょっとしたおやつを食べることは多かった。

携帯用の救急セットにしても、前から入れっぱなしだったのかもしれない。

何より先週は、職業体験で畑などにも出向いた。

そう考えると合点がいく。

「なっちゃもよ～っ」

樹季や武蔵がいろいろシートに並べるものだから、七生も真似をしてリュックの中身を取り出した。

「七生。オムツは出さなくてもいいよ」

「ありゃ」

武蔵が真顔で止めると、七生は両目を見開き、両手でほっぺたを押さえる。

（――誰の真似⁉　あ、お隣のおばあちゃんの〃まあまあ〃とか〃あらあら〃かな？）

士郎は思わず突っ込みたくなるが、七生のおかげでみんなが笑った。

まだまだこの場に馴染めずにいる少年の口角も、ちょっと上がった気がしたので、これでよしだ。

「そうしたら、優音くんも座って」

「――あ！　優音くん。七生のリュックに予備のハーネスが入ってる！　これ、ポメ太に使ったらいいよ」

すると、七生のオムツをしまっていた武蔵が、細めのリードを取り出した。

「わ！　ありがとう。そうしたら、借りるね」

これなら優音も両手が塞がれることがない。

士郎も「よかったね」と声をかけて、そこからしばらくは六人と四匹、更には木の上に止まるカラスを含めて、おやつタイムを楽しむことにした。

【ハスキー、これ、平気？】

士郎は一応、ペット用のおやつを見せて、確認をした。

【うん。ありがとう】

この辺りで優音が、今更だがハッとしたように士郎と少年を交互に見た。

「え？　ちょっと待って、士郎くん。もしかして、外国語を話してる？」

それこそ先ほどの七生ではないが、頬に両手をあてて「え!?　え!　ええええっ」と歓喜だ。

「お兄ちゃん!　好きなのどうぞ」

そこへ武蔵がお菓子を包みごと少年へ向けた。

好みがわからない初見の相手だけに、お客さんをもてなす気分なのだろう。

「……あり……がとう」

少年は片言ながら、お礼を言って、コインサイズの歌舞伎《かぶき》揚げを手に取った。

(――多少は話せるし、こちらに住んでからの日数も経っているのかな?)

士郎は少年が「ありがとう」と言ったこと、そして迷うことなく〝歌舞伎揚げ〟を選んだことで、昨日今日ここへ来たわけではないだろうと予想した。

ただ、どこの国でも、海外へ行くとなったら、覚える外国語は「ありがとう」や「おはようございます」といった、感謝や挨拶から入ることが多いだろう。

そうなると、来日からまだ日が浅い可能性はある。

それでも、飼い犬がいるのだから、この界隈《かいわい》に住んでいるのは確かだろうが――。

「お兄ちゃん。キラキラしてて綺麗だね」

すると、樹季が「ふふっ」と笑いながら、少年を褒めた。

確かに言われるまでもなく、少年は見事なまでにキラキラしていて容姿《ようし》端麗《たんれい》だった。

キラキラ大家族と呼ばれる兎田家の父子たちとは違う華美《かび》さだ。

優音も「うんうん。綺麗だね」と賛同している。

しかも、七生など、歌舞伎揚げを取ると、

「あい！　どーじょ」

ニコニコでおかわりを差し出していた。

そもそも幼児語炸裂の七生には、言葉の壁はないに等しいのかもしれないが、七生自身が彼を気に入ったのもあるだろう。

少年は再び「ありがとう」と言って、受け取っていた。

七生は更に細長いジャーキーを取ると、ハスキーにも「あいっ！　うんまよ」と与えている。

ハスキーは今にも大口でかぶりつきそうな勢いを見せたが、瞬時にエリザベスとポメ太から睨まれ、大人しく舌先だけをペロリと出した。

七生からジャーキーの先を口に入れてもらって、嬉しそうに食べることになる。

一応、この場での上下関係は理解したらしい。

「……っ」

だが、飼い主である少年のほうは、初見の者を相手にしても、それがたとえ外国人の子であっても、まったく人見知りをしないちびっ子達の言動が不思議なようだ。

こうしたところは、表情でわかる。

だが、ここで武蔵が士郎の腕を引っぱってきた。

「――どうしたの」

「しろちゃん。お兄ちゃんのお家《うち》はどこだろう？　あのわんちゃんと歩いて帰るの、大丈夫かな？」

こそこそっと、声を小さくして話してくる。

少年が左足を擦りむいていたこと以上に、暴走癖のあるハスキーが気になったようだ。

確かに、二十キロ半ばはありそうなシベリアン・ハスキー、それもオスだ。

力もそれなりに強いだろうし、本気になったら少年ぐらいの子供なら、リードに繋いだところで引きずるだろう。

また、これがあるから、エリザベスには隣家へ来たときから、徹底的に躾をしたのだ。

大型犬種の中でも大きく、また力強く育つことがわかっているからこそ、絶対に人間には飛びかからないようにやら、飼い主の命令には従うように育ててきた。

おかげでエリザベスは、町内では知らない者がいないくらい〝大人しい犬〟と評判だ。

それこそ武蔵のお友達が頭を撫でても、側で母親が笑っていられるくらいだ。

エリザベス自身がずば抜けて賢いのもあるが、それでも最初の躾の大切さがわかる見本のような犬に育っている。

「……あ、そうだよね」
士郎は武蔵の着眼点の良さに感心をした。
（あれ？　ちょっと待てよ）
――が、ここで士郎はハッとした。
そもそもハスキーを追いかけてきた少年が、手ぶらなことに気がついたからだ。
【ねぇ、君。リードは？】
【リード？】
【ないの？　ハスキーを追いかけてきてたのに？】
百歩譲って、エチケット袋を持っていないのは仕方がない。
犬が家から飛び出して、慌てて追いかけたら、そんなこともあるだろう。
しかし、それならそれで、まずはリードを引っ掴んで出てくるのが普通では？
士郎は、嫌な予感がするも、少し力強く聞いてみた。
【え？　だって、散歩をしていたら、急に走り出したから】
【――は!?　ノーリード、散歩、駄目だろう！】
【なんで？】
すると、少年がノーリード散歩の常習であることがわかった。
（え!?　そこから説明しないといけないの!?）

【散歩！　リード、絶対。いる。　ここ、外だよ！】

普段なら饒舌《じょうぜつ》に説教タイムへ入るところだが、相手に通じなければ意味がない。

かといって、記憶にある単語を並べるだけでは、理解してもらえるのかもあやしい。

【でも、俺のあとを付いてくるし】

【来てない！　たった今、暴走しただろう！】

【それは、たまたま――。お前たちがここにいたから】

「たまたまじゃない！」

価値観が違うのか、リードの重要性を甘く見ているのか、もしくは町内を自宅の庭とでも思っているのか!?

士郎がとうとうキレて、日本語で返してしまう。

だが、それでも優音からしたら、感動するレベルだ。

いつの間にスマートフォンを出していたのか、翻訳アプリで会話の和訳を目で追いながら、「すごいな」と感心しきりだ。

士郎からすれば、「それ！　あるなら最初に出してよ」だろうが、いろいろなことが重なりすぎて、頭に浮かばなかった。

そしてそれは、思い出したようにスマートフォンを取り出した優音も同じだろう。

手にしたスマートフォンを目にした瞬間、目を見開いた士郎に気付いた優音も「あ！」

と声を漏らす。

「──何、どうしたんだよ。士郎」

「珍しいね。喧嘩？」

ただ、ここで話は中断された。

自転車を押しながら、充功と友人の佐竹《さたけ》が側まで寄ってきたからだ。

すると、武蔵がパッと顔を明るくする。

「あ！　みっちゃん。よかったね、しろちゃん。これでお兄ちゃんとわんちゃんを、お家まで送ってもらえるよ！」

「あ……、うん。そうだね」

士郎と少年がいったい何を揉めていたのか知るよしもない武蔵は、中学生二人と自転車二台の登場に、素直に歓喜を表した。

純粋に怪我をした少年と、そして暴走癖のあるハスキーを心配していた武蔵に、士郎は少しだけ罪悪感を覚える。

（──うん。まあ、そうだよね。まずは安全に帰ってもらって、リードの件は家の人に話をして、強制してもらうほうがいいだろうしね）

その後、士郎は充功たちに事情を説明すると、少年とハスキーを家まで送ってくれるように頼んだ。

「あ？　いいよ」

【必要ないよ。そんな心配は要らない】

快《こころよ》く承諾《しょうだく》した充功に反し、彼はそう言っていたが、士郎は優音からスマートフォンを借りて、翻訳アプリを使用する。

【送って行くのは、ハスキーに付けたリードを、その場で返してもらうためだから！】

そうして、誰が心配なんかするか――と言わんばかりの文面を画面に出して、少年に送ることを承知させた。

4

思いがけない散歩になってしまったが、樹季や武蔵、七生は至極満足そうだった。

「アミールくんは、髪も目もキラキラしてて日焼けした肌も艶々《つやつや》なの！　あと、前に映画で見た子より、綺麗だった！　ビックリ！」

「わんたんも、ひゅ～ひゅ～よ～っ」

「うん！　ちょっと元気過ぎるけど、すぐにお友達になれた！　めちゃくちゃカッコよくて、毛が白と灰色で、お目々がビー玉みたいな青色とか水色！　俺、シベリアン・ハスキーの本物は初めて見たけど、テレビとかで見るよりもずっと綺麗でカッコよかった！」

樹季は出会ったばかりの少年――アミール・田中《たなか》の容姿に目を奪われたのか、ダイニングで双葉を捕まえ、ベタ褒めしっぱなしだった。

また、七生と武蔵も初めて間近に見たシベリアン・ハスキーに大興奮で、三人からの「聞いて聞いて」を一人で受け止めている双葉は、なかなか大変だ。

「――そうかそうか。それはまたすごい子と知り合ったんだな。あ、でも樹季。その子の肌は、日焼けじゃなくて、もともとの色だと思うよ」

それでも会話の中で、樹季の誤解は解いておく。

樹季に悪気がなくても、面と向かって言われたらアミールがどう思うかはわからない。過度に注意する必要はないにしても、どうせなら正しい知識の上で感動し、またその思いを彼に伝えるほうがいいだろうと、判断したからだ。

「そうなんだ！　だから腕とかも、僕たちみたいな半袖模様にはなってなかったんだね！　双葉くん、物知り〜！」

とはいえ、樹季自身は彼がどこの国の人ということは、まったく気にしていないようだった。

そして、そんな様子を横目に、キッチン内では颯太郎と充功が夕飯の準備をしている。

今夜は肉団子入りの酢豚をメインに、雑穀飯とわかめの味噌汁、きんぴらごぼうに白菜の浅漬けだ。

先日の作り置きや野菜の下処理が存分に生かされている。

「そもそも面食いな上に、他人への好き嫌いがはっきりしている。何を置いても世界で一番素敵なのは僕のお兄ちゃん、士郎だと思っている樹季が、あそこまで褒めるってよほどだね。人柄もよかったんだろうけど、見た目もハリウッド映画やウィーン少年合唱団に出ていそうな美少年だったの？」

「う〜ん。人柄はわからないけど、客観的に見てもネットで検索をかけたら世界のイケメンランキングに出てきそうな男子だったかな」

「そんなに？」

「うん。ただ、美少年って言うよりは、もう少ししっかりした感じに見えたかな？　詳しくはわからないけど、本人が言うには父方がアラブ系のヨーロピアン寄りって話で、そのせいか同じ年でも士郎よりは大人びて見えた。——で、良くも悪くも、樹季たちに貼られたドラゴンソードの絆創膏がいい味だしてた」

　颯太郎に聞かれると、充功は自身の印象をそのまま語った。

　士郎がハスキーに気を取られているうちに、樹季と武蔵からお医者さんごっこさながらに手当を受けたアミールの左腕と左足には、手持ちの絆創膏十枚が貼られていた。

　それがドラゴンソードのカッコイイ系だけならまだしも、ムニムニからゾンビカレーなどのまぬけな絵柄もペタペタと貼られていたのを、アミール自身がまったく気にしていなかったところが充功的にはツボったようだ。

　ただ、この時点で颯太郎なら、今日知り合ったばかりのアミールが問題のある子供だとは思わない。

　兄弟揃って怒りの沸点は高いほうだが、好感度への評価は厳しいところがある。

　そのため、可もなく不可もないゾーンが広くて、初見の相手はだいたいここで様子見に置かれる。

しかし、話を聞く限り、好感度のほうが高そうだったからだ。

「そうなんだ。そこで一気に親近感が湧《わ》いたのかな。——で、士郎はどうしたの？」

しかし、颯太郎が一番聞きたかったのは、どうやら士郎のことだった。

何せ、「公園で転んだ子と、その犬を自宅へ送ってから帰るね」というメールはもらったが、帰宅してくるなり発せられたのが、

〝ごめんなさい！　いきがかりでエリザベスのリードを一本あげてきちゃった〟

——だった。

もちろん、それ自体は構わないと颯太郎は思っていた。

充功に目配せをしてまで確認をしたかったのは、そこまでしてきただろう士郎が、いったい誰に、何に憤慨をして、パソコンへ向かっているのか？　ということだ。

しかも、ヘッドホンまで着けて、側ではしゃぐ弟たちさえ見ずに、自分だけの世界に入り込んでいる。

すると充功は、「う～ん」と言って首を傾げながら、苦笑いを浮かべた。

「これは想像だけど、アミールの人柄以前に、話の通じなさからイライラの持って行き場がないんじゃないかと思う。他のことはともかく、ノーリードでの犬の散歩だけは、絶対にするなっていうのが、どうも通じなくて。ただ、ここだけでも説得できるように、必要

な英会話をマスターしたいんじゃないかな？　帰り際にもぶつくさ言っていたし、パソ前に着くなり、英会話の動画サイトを検索してたから」

充功自身は、あの場にいた全員でアミールとハスキーを送りがてら、優音や樹季から経緯を聞いただけで士郎からは何も聞けていない。

また、アミールが住んでいるという自宅にも、送ったときには大人がいなかったので、その家に日本語で会話ができる者がいるのかどうかさえもわからない。

途中で「僕は兎田士郎、君の名前は？」「アミール」というやり取りがあったこと、表札を見たときに樹季でも読める〝田中〟の文字があったことから、充功が思わず、

〝アミール・田中？〟

そう聞いた際に、

【そうだよ。日本に来たときに、母方の祖父母の養子になったんだ】

〝イエス〟だけは聞き止められたので、「おお～っ」となった。

単純に華美な風貌《ふうぼう》に対し、田中というシンプルな苗字《みょうじ》が更にツボったからだ。

ただし、帰り際に士郎から「彼、母方の祖父母の養子になってるんだって」と説明をされたときには、さすがに「おお～っ」はまずかったと反省をした。

いくら英語が聞き取れなかったとはいえ、父親がアラブ系で、おそらくは日本人だろう母方の祖父母に養子に入るとなったら、さぞかし複雑な家庭環境なのだろうことまでは、

想像ができたからだ。

アミール自身は、樹季や武蔵、七生同様、終始対応の変わらない充功には、逆に好感を持った風だったが――。

「ああ、なるほどね。けど、それなら田中さんに直接言って、伝えてもらうほうが早くない？」

しかし、いずれにしても話半分でしかわからなそうな充功に対し、颯太郎はさらっと返した。いったん火を消して、ガス台の前から離れる。

「――え!?　父さん、知ってるの？　田中さんっていっても、五丁目にあるわりとデカい家だよ。あそこには、俺たちのどこかで繋がるような子供はいない。アミールが初めてだと思うけど？」

驚く充功を余所《よそ》に、颯太郎はカウンター上に置いていたスマートフォンを手に取り、アドレス帳を開いた。

「うん。それはわかってる。でも、確か前に町内会の仕事で一緒になったことがあった気がして……。今はどうかわからないけど、当時はまだご夫婦ともお勤めだったから、作業日と休みが合わないのを調整したときに――、あ、ほらあった！」

「っ!!」

颯太郎がスマートフォンの画面を向けると、そこには田中姓がずらりと並んでいる。

それこそ充功が「何人続くんだ？」と零《こぼ》したほど、一面田中さんだらけだ。

ただ、自分個人の知り合いのみならず、常に町内会や家族を通して友人知人を増やし続けてきた颯太郎だ。苗字の欄には出会った時期や関係性が入っており、名前のところに苗字が入る形で登録がされていた。

充功が目をこらして画面を見ると、三丁目老人会の田中さんやら、双葉中二役員の田中さん、充功小六卒アルの田中さん、士郎二年担任の田中さん、樹季一年同級生の田中さん、武蔵年少の田中さんなどだ。

この分では、佐藤《さとう》さん、鈴木《すずき》さん、加藤《かとう》さん、高橋《たかはし》さんあたりもかなりいそうで、充功は好奇心に駆られる。

「――ってことは、この〝五丁目清掃当番交代の田中さん〟っていうのが、アミールのじいちゃんばあちゃんってこと？」

「うん。だから、とりあえず士郎に聞いてから――っ!?」

しかし、そう言っている側から、颯太郎のスマートフォンが震えた。

それも電話表示がされた画面には、〝五丁目清掃当番交代の田中さん〟と表示されている。

「え」

これにはタイミングがよすぎて、充功も引いてしまった。

颯太郎も驚いている。

「――はい。兎田です」

それでも颯太郎は、充功に〝士郎へ伝えて〟と、ジェスチャーをしながら電話を受けた。

「ああ、田中さん。こんばんは。ご無沙汰《ぶさた》しております。今日はうちの息子達がどうも」

挨拶を口にしながら、キッチンから廊下へ移動して、扉を閉める。

充功がキッチンから続くダイニング、リビングへ目をやると、そこには双葉を相手にキャッキャしている樹季たちがいた。

また、一心不乱に英会話動画に集中していた士郎がヘッドホンを外すと、

「よし！　これでいけるはず」

どうやら必要な会話を暗記したようで、「やった！」と言わんばかりに万歳《ばんざい》をしていた。


颯太郎がアミールの祖母と電話を終えたのは、二十分後のことだった。

士郎は、通話から五分くらいしたところで颯太郎から呼ばれて、廊下へ出る。

スマートフォンを渡されて、電話を替わった。

「もしもし。初めまして、四男の士郎です」

もしかしたら、どこかですれ違うくらいのことはあるかもしれないが、士郎の記憶ではお互いが名乗って話をするのはこれが初めてだ。

〝——こんばんは。初めまして、士郎くん。アミールの祖母で田中と申します。今日はハスキーのことで、本当にごめんなさいね〟

すると、アミールの祖母からは、挨拶と共に、まずはハスキーの件で詫《わ》びが伝えられた。

孫はまだ、引っ越してきて間もないのもあり、荷ほどきできていないものもたくさんある。ただ、ハスキーは一緒に来た犬だし、飼ってから半年以上は経っていると聞いていた。

そのため、飼育に必要なものはすべて揃っているものだと思い込んでしまい、まさか散歩に連れ出すのにノーリードでとは、考えもしなかった。

だが、そこは自分たちの注意が足りなかった。迷惑と心配をかけてしまって、本当に申し訳なかったと、謝ってくれたのだ。

同時に、ノーリードを注意し、叱り、また必要性を説明してくれたことには感謝してくれた。アミールは「なんか兎田士郎って奴にガミガミ言われた」と報告したらしいが、祖母には士郎の意図がきちんと伝わっていたようだ。

それで慌てて電話をしてきたのもある。

また、いきがかりでエリザベスのリードをもらったことに関しては、先に颯太郎が「それは士郎がお孫さんに差し上げたものですし、よかったらこのまま使ってください」と伝えていたことから、お礼を言われた。

その上で、ハスキーのリードを含めた散歩のルール、マナーに関しては、自分からもしっかり言い聞かせておくことを約束してくれたので、士郎はホッと胸を撫《な》で下ろした。

あとは、怪我の手当に関する感謝や、二学期からは同じ小学校へ通う予定なので、よかったら仲間に入れてあげてね――などと、遠慮がちにお願いをされて、アミールの祖母から士郎への話は終わった。

「はい。わかりました。僕のほうは、弟たちが一緒でよければ、いつでも遊べるので」

電話口での印象は、総じてとてもよかった。

祖母と言ってもまだ若々しい声と口調で、会話の言葉選びには終始気遣いを感じた。

子供の士郎を相手にしても、きちんと敬意を示してくれたし、これなら今後アミールが日本語や会話を覚えていく上でも、おかしなことにはならないだろうと思えた。

どんなに大人に悪気がなくても、家庭内での言葉遣いや習慣は、子供に影響するものだ。

ある程度の年齢になれば、自分で意識して悪いところは変えていくだろうが、それでも三つ子の魂百までだ。

士郎は、日本語の言葉の覚え始めにしても、いい見本や教えがあるに越したことはないだろうと考えたからだ。

「――では、父に替わります」

士郎はスマートフォンを颯太郎に返すと、ダイニングへ戻った。

その後は保護者同士の話にでもなったのだろう、颯太郎は廊下で話を続けている。

「覚えた英会話、詰《つ》め込み損になったな」

　ダイニングへ戻ると、充功にからかわれた。

「そんなことないよ。勉強になったと思えばいいだけだし、なんなら充功の英語ぐらいはみてあげられると思うよ。それより、夏休みの宿題って、真面目にやってるの？」

　士郎は心からの笑みを浮かべている。

　士郎にとって大事なのは、アミールとハスキーの散歩ルールやマナーが守られること、今日のようなトラブルが避けられることだ。

　そのためにも、祖父母が確実に通じる言葉で話をし、また彼に実行させてくれるというなら、それに越したことはないからだ。

「ちっ！　藪蛇《やぶへび》だった」

　もっとも、この辺りは承知の上でからかった充功からすると、思ってもみないしっぺ返しがきてしまった。

　それでも士郎がこう言ったのだから、帰宅からここまでの短時間で、中学二年生程度かそれ以上の英会話なり、英単語は頭の中に叩き込んだのだろう。

　見たもの聞いたものを丸暗記できるとはいえ、そもそも必要なときに必要な素材を選び出せることが、我が弟ながらすごいと感心してしまう。

「なんでもいいから、今夜から宿題を下に持ってきなよ。どうせ自分の部屋でやるなんて言っても、佐竹さんたちとメールしたりしちゃうんでしょう」

「はっはっはっ」

――と、そんなやり取りをしていたところで、玄関先から声がした。

「ただいま」

士郎が廊下への扉を開くと、寧がいつもより早く帰宅する。

「――あ、では、その話はまた改めて。あとでこちらの番号にメールを送っておきますので。――はい。それでは、ご主人やアミールくんにも、よろしくお伝えください」

おそらく通話中の田中にも寧の声が聞こえたのだろう、颯太郎も話を切り上げた。

同時に樹季たちが廊下へ飛び出し、士郎の横を通り過ぎていく。

「お帰りなさい！　寧くん早い！」

「わーい！　ひとちゃん。お帰りなさ～い」

「ひっちゃ～!!　うんまよ～っ」

都心に勤める寧は、平日の帰宅はいつも八時前後で、取り分けられた夕飯を一人で食べる。

当然、周りには必ず誰かが座って話はしているが、それでも一緒に食べられるのはまた別格なのだろう。

特に今日のように新しい出会いがあった日は――。

「は～い。ありがとう。今夜は一緒にご飯が食べられるね」

「お帰り、寧。早かったね」

「うん。出先から直帰できたんだ。あ、すぐに着替えるね」

「やっちゃ～っ」

寧は絡《から》み付く七生と手を繋ぎ、樹季には鞄を持ってもらい、武蔵には腰の辺りを押されて和室へ向かう。

士郎や充功もそれを見ながら「お帰りなさい」「お帰り～」と声をかけ、リビングにいた双葉は、直接続きの和室へ入って「お帰り！」と声をかけるのだった。


「聞いて聞いて、寧くん。今日、公園ですごい子に会ったんだよ！」

「お家まで送って行ったの！　ハスキーがカッコいいんだよ」

「わんわんよ～っ」

夕飯時まで待てなかったのか、樹季、武蔵、七生は寧が着替えているときから、アミールやハスキーのことをまた一から話した。

これを先に聞いていた双葉は、今にも吹き出す寸前だ。

しかし、再度ひと通り話し終えれば、逆に食事時には落ち着くだろうと判断したのか、樹季たちのことは寧に任せることにしたようだ。

充功や士郎と共に、夕飯支度の手伝いに加わると、改めて士郎を労ってくれた。

そうして、賑やかながらも楽しく過ごした夕飯後――。

「ご馳走様でした。樹季、武蔵、七生。お風呂まででしょう。たまには一緒に入ろうか」

「本当！　わーい」

「やった！」

「ひっちゃだいだいよ～っ」

いつにも増してテンションが上がった樹季たちを、寧がお風呂に入れてくれることになった。

特別大きな浴室というわけではないし、寧からすれば一人で入るほうが疲れも取れそうだが、そこはブラコンに敵うものなしだ。

どんなにわちゃわちゃされても、寧にとっては弟たちとのお喋りや彼らの笑顔が、一番の回復材なのだ。

「ごめん、双葉。後片付けは任せていい？」

「了解！　樹季、寧兄のお手伝い頼むからな！」

「任せて！」

「え？　俺もいるよ、ふたちゃん」

「なっちゃもよ～っ」

「はいはい。じゃあ武蔵と七生は、寧兄の背中を流してあげてね！」

「はーい！」

「あいちゃ!!」

うっかりしたことは言えないものの、それでも全員が機嫌よくお風呂へ向かう。

そんな寧たちを見ながら、颯太郎もクスクス笑って食器を手に席を立つ。

「あ、ここは俺がやっておくから」

「僕も手伝うし」

「俺もいるから」

これに双葉、士郎、充功が続いた。

「そう。なら、今夜もお言葉に甘えて、仕事をさせてもらうね」

「たまには、お言葉に甘えて先に休むね――とか、聞きたいけどね」

「そう言えるように頑張るよ。それじゃあ、お先に」

双葉に体調を気遣われながらも、颯太郎はダイニングをあとにし、三階へ向かった。

そこからは双葉が中心となり、手際よく洗い物などをしていく。

士郎はダイニングテーブルのついでにリビングテーブルなども拭いて、充功は水切りカゴの食器を拭いて、棚へしまっていった。

三人ならあっと言う間だ。

「コーヒー飲むだろう?」

そうしてキッチンからダイニングまでが片付いたところで、双葉がコーヒーサーバーをセットし始めた。

「うん。ほしい。あ、樹季たちも飲むよね?」

士郎が冷蔵庫から牛乳を取り出すと、それを聞いた充功が食器棚の下段奥からストックされていたキャップ付きの空《から》の牛乳瓶を出してきた。

「そしたら、今日はこれに入れとこうか。絶対に風呂上がりにグビーとかやるから!」

たまに出して、ジュースや牛乳を入れて渡すと、目を輝かせるのがわかっているからだ。

「確かに! よし、そうしたら樹季たちにスーパー銭湯の湯上がりごっこを仕掛けよう」

いきなり何をするのかと思えば、充功の提案に双葉もノリノリだ。

ただ、士郎だけは食品棚の引き出しから、粉末コーヒーのスティックを取り出した。

「なら、ノンカフェインで」

それこそ瓶に詰めたら七生も欲しがるだろうし、樹季や武蔵にしても、これ以上興奮して眠れなくなったら困るからだ。

準備万端、用意が調ったところで、パジャマ姿に頬を赤くした寧たちが戻ってきた。

「あ！　コーヒー牛乳だ」

「うん！　瓶に入ってる！　瓶だよ！」

「ひゃ～っ。やっちゃ～！」

ダイニングテーブルに用意された瓶詰めのコーヒー牛乳を見ると、樹季や武蔵、七生は「わーいわーい」の大合唱となった。

しかも、「飲もう、飲もう」で盛り上がると、充功が言っていたスーパー銭湯ごっこ――足を開いて片手を腰に当てての「グビ～」ポーズもしてくれた。

仕掛け人たちとしても大満足だ。

これには寧も両手を叩いて「可愛い～」と喜んでいる。

ただし、

「士郎くんもやろうよ！」

「みっちゃんも！」

「ふっちゃ、ひっちゃもよ～」

何をするにも一緒がいいのは、今に始まったことではない。

しかも、どうせなら――と、自分達の分まで瓶詰めにしてしまったところが、本日最大のうっかりだ。

「はーい！　みんなポーズを決めて～」

それでも、もともとノリのいい寧や双葉、充功は「しょうがないな」と言いつつも、樹季に言われるまま牛乳瓶を手に構えた。

「士郎くんも！」

「しっちゃ！」

「……っ」

こうなると、どこまでもとばっちりを受けたとしか思えなかったのは、兄弟の中でもっとも羞恥心が強いだろう士郎に他ならなかった。

＊＊＊

翌日の午後も樹季たちにせがまれて、士郎はエリザベスの散歩がてら公園へ行くことになった。

「「お父さん。行ってきまーす！」」

「とっちゃ～。なっちゃもよ～っ」

「はーい。気をつけてね～」

玄関では、準備万端の樹季たちが、颯太郎に声をかけている。

午前中のうちに使い切った絆創膏を補充し、お菓子や水分の用意も抜かりない。

今日は充功やその友人、士郎の友人たちも公園に集まることになっているので、お菓子と小さな紙コップも昨日の倍に増やしている。

また、充功の自転車があるので、水分は麦茶の二リットルペットボトルを二本にクーラーボックスという入念さだ。これには充功も唖然としたが、颯太郎がお腹を抱えて笑っていたので、熱中症対策としてよしとした。

それにしても日常的な犬の散歩をお楽しみイベントにできるのは、兎田家のちびっ子達ならではだ。充功は改めて感心する。

「みっちゃん！　七生が自転車に乗りたいみたい。乗せてあげて！」

「はいよ～」

充功が用意していた自転車の後ろの荷台にはペットボトル二本が入ったクーラーボックスが括《くく》り付けられて、ハンドルに付けてある子供椅子には七生が座る。

また、こうしたことまで見越してきたのか、充功の友人・佐竹も自転車で迎えに来ている。

「佐竹さーん。お荷物、カゴに入れてもいい？」

「いいよいいよ～。なんなら樹季くんと武蔵くんも自転車に乗せてあげようか？」

「本当！　いっちゃん、乗せてくれるって！」

「え？　でも、そうしたら佐竹さんは？　武蔵だけお願いします」

「ん？　だって、エリザベスの散歩をしながら公園へ行くんだろう？　どの道、手押しで行くんだから、樹季くんも乗りなよ」

「そっか！　やった〜っ‼」

佐竹は自転車の荷台に武蔵を、そしてサドルに樹季を座らせて、ご満悦《まんえつ》だ。

どんなに士郎が目を光らせても、一人っ子が多い兄の友人達は、こうしてちびっ子たちを甘やかしていく。特に、充功の友人たちは底なしにデレデレだ。

それでも樹季や武蔵でも「自分よりも下の子ファースト！」は徹底しているので、兄たちも「悪いな」「ありがとう」で、好意は受け取っている。

「佐竹さん。次は、士郎くんを乗せてあげてね」

「了解！」

また、樹季は弟たちと同じくらいすぐ上の兄、士郎のことも気にかけているが、滅多なことでは甘えてもらえないのが現実だ。

——乗せてみたいな、士郎くん。

内心、佐竹にもそんな願望があるものの、結局士郎が遠慮無く甘えるのは、いつも充功だけだ。

そして、これはこれで士郎のブラコンの表れでもあり、また充功が「しょうがねぇな」

「俺ばっかりこき使いやがって」と言いつつも、どこか誇らしげにデレていることは、友人達の間では笑いどころか癒やしのネタだ。

しかも、士郎や充功自身にその自覚が薄いところが、もはや萌《も》えネタにさえなっている。

一方、士郎はリードをエリザベスの首輪に繋げて、準備完了だ。

「いつも、ありがとうね。あ、これおやつの足しにしてね」

すると、隣家・亀山《かめやま》のおばあちゃんが、ビニール袋に入れた箱買いおやつ二種を差し出してくる。

もはや兎田家の子供たちに貢《みつ》ぐことが余生最大の楽しみだ。

実子がいない分、老後の生活にだけは困らないように——と、慎《つつ》ましくも堅実に貯蓄に精《せい》を出してきた老夫婦は、今こそ若かりし頃の自分達にグッジョブを送っている。

また、そんな老夫婦の楽しみを心底から理解しているので、普段は遠慮がちな士郎も、ここは満面の笑顔で受け取る。

それが一番のお礼になることも熟知しているからだ。

「こちらこそ、ありがとうございます！　わっ!!　すごい。ニャンディやドラゴンソードチョコがたくさん！　樹季たちが喜びます」

「ふふふっ。この前、お買い物へ行ったときに、つい衝動買いしちゃったの。おめめをキラキラさせる樹季くんや武蔵くん、七生くんの顔を想像したら——楽しかったわ～」

「僕たちが、エリザベスのおやつを選ぶのと同じですね」

「本当にね。あ、もちろん、士郎くんたちも食べてね。そう言っても、きっと樹季くんたちに、どうぞってしちゃうんでしょうけど」

「おばあちゃんは、全部お見通しですよね。けど、それで僕たちも樹季たちの笑顔が見られて嬉しいので。本当にありがとうございます！　それじゃあ、エリザベスのお散歩へ行ってきますね」

「はーい。お願いしますね」

こうして士郎は、隣家で孫を甘やかす祖母の気持ちを思う存分堪能してもらってから、お菓子を置きにいったん家へ戻った。

当然、これを見ていた樹季たちは、自転車の上で万歳三唱だ。

それこそ大声で、玄関前まで見送りに出ていたおばあちゃんに、「「おばあちゃん、ありがとー」」「あっとね～」と叫んで、彼女の幸福度を爆上げした。

そんな様子に充功や佐竹もニッコリ。

また、士郎が出てきて、しっかり鍵をかけると、

「行ってきま～す」

「いってらっしゃ～い」

エリザベスのリードを手にして、ぞろぞろと公園へ向かっていった。

途中、町内の誰かとすれ違う度に、士郎や充功、佐竹は挨拶がてら頭を下げて、樹季や武蔵、七生は「あら、お兄ちゃん達に乗せてもらって、いいわね～」などと言われて、大喜びで返事をしていた。

そのたびに、接した者達の気持ちや足取りが自然と軽くなる。

本日もキラキラ大家族効果は絶大だ。

「バウン」

「みゃ～っ」

途中、いつもの茶トラが前方からやってきて、エリザベスの横を歩き始めた。

「バウバウ!?」

（――ん？　そりゃ大変？）

何かを知らせに来たようだ。

しかも、方角から考えると、公園ですでに何か起こるか、始まっているようだ。

それはエリザベスの返事からも窺えた。

「ん？　なんか、やけに人がいるっぽくないか？」

公園の入り口まで来ると、佐竹が声を発した。

充功や士郎の友人達も集まるようだとは聞いていたが、それにしても賑やかなことになっている。

「今日はそう暑くもないから、近所の親子も出てきているのかもよ」

「それもあるけど、サッカー部の子たちもいるみたい。練習の帰りによったのかな？　出て来る前にメールチェックをしてくれればよかったかな？」

充功が言うように、遊具のある公園には親子連れが多かった。

しかし、隣接しているグラウンドのほうには、見慣れた士郎の友人やサッカー部の上級生たちも集まっており、普段は公園で見かけることが少ない女子生徒たちもいる。

近づくにつれて、「きゃあきゃあ」やっているのがわかる。

士郎が首を傾げていると、

「あ！　晴真くんたちの中に、アミールくんと飛鳥《あすか》くんがいるよ！　一緒にサッカーしてるよ！」

「あ〜っ。だから、こんなに女の子まで。充功や士郎たちが来るって前情報だけでも、人が集まるだろうに。そこへ飛鳥だけでなく、アミールまでってなったら、そりゃイケメンセンサーはりまくりの女子たちが駆け付けるよな」

樹季がサッカーを楽しむアミールや、地元のプロサッカークラブのジュニアチームに所属している飛鳥龍馬《りょうま》を見つめると、これに佐竹が納得したように頷く。

飛鳥は士郎とクラスこそ違うが、贔屓目《ひいきめ》なしに学年一のイケメンだろうし、頭脳も明晰《めいせき》だ。士郎から見ても少女漫画のヒーローってこんな感じなんだろうな——と思うくらい、この辺りでも突き抜けて目立つ存在だ。

ただ、飛鳥自身はプロサッカー選手になりたいがためにジュニアチームに入り、希望ヶ丘へ越してきた。そのために両親が離婚までしており、彼の夢を全力でサポートしている父親と二人暮らしでもある。

そうした背景もあるためか、普段からサッカーの練習一筋で、それ以外のことに時間を割《さ》いているところはほとんど見ない。

そんな飛鳥がいるだけでも、そりゃあファンの女の子たちは見に来るだろうし、今なら大概の子がスマートフォンを持っているので、知らせを受けて見に来る子が更に増えるかもしれない。

そこへ国際的なイケメン少年のアミールまで加わっているのだ。

「なんか、すげえことになってるな」

「――うん。でも、そうか。スポーツならルールさえ知っていれば、言葉の壁は関係ないもんね」

充功がポカンとしている横で、士郎もコクリと頷いた。

しかし、その顔は昨日とは比べものにならないくらい明るい。

すると、そんな士郎たちに気付いてか、ポメ太やハスキーのリードを持った大地と星夜、そして智也が走り寄ってきた。

「士郎！　待ってたよ」

「あん！」

「オンオ〜ン！」

　クールな見ためによらず、陽気な性格とされる犬種の特徴を裏切らないハスキーには、昨日渡したリードが付けられており、いっそう士郎を笑顔にする。

「大地くん、星夜くん、智也くん。何、これ――。どうしたの？」

「さっきメールしたんだけど、電話にすればよかったな！」

「本当にな」

「あのね！」

　士郎が状況を聞くと、代表して星夜が嬉しそうに説明してくれた。

　なんでも今日は、午前中にサッカー部の練習があり、智也も誘って三人で参加をしていた。

　とはいえ、大地、星夜、智也は部活ではなく、手伝いだ。

　以前、部活顧問の教師・円能寺《えんのうじ》が怪我で入院をしたときに、練習を見るのに他の教師や士郎が手伝うことになった。

　そこへ大地と星夜が「そうしたら、俺たちは士郎の手伝いをするよ」と参戦。夏休みでもあり、士郎は子守で抜けているのに、二人はそのまま手伝っている。

そうした流れもあり、サッカー部の晴真や優音とともに距離が近くなる。

これに、新たに智也が引き込まれたのかもしれないが、士郎からすれば「みんなが仲良くなるのは嬉しいよ」なので、問題はナシだ。

そして、そんな部活が終わろうという時間に、アミールと祖母が校長と共に現れた。

転校手続きを終えて、校内見学で回っていたのだ。

〝なあなあ、優音。昨日言ってた、キランキランのイケメンアミールってあの子？〟

〝──え？　あ！　そう!!　アミールく〜ん！〟

彼のことは、朝から優音が話しまくっていた。

それこそ一緒に兎田家へ泊まった面々が中心だ。

ただし、優音が大興奮して「聞いて聞いて」をやらかしたのは、外国の子と英語で話をしていた士郎のことであって、アミールやハスキーのことは、その流れで出てきたに過ぎない。

それでも優音がいくどとなく「キランキランのイケメン」を連呼《れんこ》するので、かなり印象に残ったようだ。

「で、その場で校長先生が、二学期から転校してくるから、仲良くねって紹介してくれて。晴真がいきなり〝サッカーできる？〟って聞いたら、うんって頷いたから、そうしたら午後から公園のグラウンドでやろう──ってことになったんだ」

──なるほど。それでこんなことになっているのか。

士郎は納得をした。

しかも、言われた様子も、映像として想像が付く。

おそらく晴真が無茶振りをしたのだろう。

「それにしても、晴真くんはすごいよね。サッカーボールを持って、身振り手振りで聞いてた。なんか、優音が言うには、昨日の樹季くんたちみたいだったって。英語とかまったく気にしないで、話せば通じるみたいなところが、もはや七生くんレベルとか」

星夜が感心して話すも、士郎はあまりに想像通りで、吹き出しそうになる。

「七生──。まだ日本語どころか、喃語《なんご》なのにな」

「それは……っ。晴真らしいね」

それでも、智也が発した「日本語どころか」からのくだりには、堪えきれずに吹き出した。

側で聞いていた充功や佐竹も、これに同じだ。

「──で、部活の解散後、帰りがけに、飛鳥と会ったんだ。なんか、今日は午前中の練習だけだったみたいで。そうしたら、ここでも晴真が〝そうしたら、午後からサッカーしようぜ！　ってか、たまには俺たちともやってくれよ！　士郎も来るからさ！〟って」

また、どうして飛鳥までいるのかというのも、星夜が説明してくれたが、ここでもきっかけは晴真だった。

　もはや、何言われてもすべて想像ができる。士郎の記憶の中には、それほど晴真の喜怒《きど》哀楽《あいらく》や口調までもがインプットされているのだ。

「飛鳥くん〝え？〟って言ってる間に、約束を決められてた。けど、来てもらって大正解だよ、飛鳥くん、将来は留学したいからって、英語の勉強もしてるんだって。少しだけど、アミールくんとも会話ができて、それでいま二手《ふたて》に分かれて遊んでるんだ」

「──そう」

　そうして一通り説明を聞くと、士郎はグラウンドで二手に分かれてサッカーをしている晴真や優音、飛鳥やアミール、部の先輩達を眺めた。

（スポーツって、すごいな。アミールくんも、会話とかより、何倍も楽しそう）

　実際は本人に聞いてみないとわからない。

　しかし、士郎には少なくとも、昨日自分と片言の英語でやり合っていたときよりは、何倍も楽しそうに見えたのだ。

　ただ、この状況に士郎は安堵していたが、自転車から下ろしてもらった樹季や武蔵は、リュックの中を確認しながら表情を曇らせている。

「──ん？　どうかした？　樹季」

　これに気付いた士郎が声をかける。

するとと、

「どうしよう。おやつも麦茶も全然足りない」

「うん。こんなにたくさんいたら、全員に配れないよ」

「なっちゃもよ～」

ざっと、グラウンドに集まる子供たちを見渡した樹季と武蔵が、ショボンとしてしまった。

それに習い、七生まで同じように肩を落としてみせる。

「えっ!?　そこは気にしなくても大丈夫でしょう」

これには士郎も驚いた。

「うんうん。それに、僕らも水分やおやつは持ってきてるよ。優音くんから、昨日のことを聞いてたから、集まるなら各自少しでも持参しようねって、話し合ってきたから」

「そうだよ。俺たちだけでなく先輩達も、家にあるのをいっぱい持ってきた――って言ってたし。なんとかなるから、心配しないでいいよ！」

一緒に聞いていた星夜や大地は、驚きつつも「平気平気」と言って、自分達が纏《まと》めて置いていた荷物のほうを指差した。

智也など、まだお菓子入りのリュックを背負ったままだったことから、「これもこれも」と見せている。

「本当！」

「よかった!!」

「やっちゃ〜っ」

グラウンド脇に置かれた無数のリュックの中身が、各自持参のおやつだと知り、樹季たちの顔がパッと晴れる。

――と、今度はこれを見ていた佐竹が、何やら感動して充功に訴える。

「なんていい子たちなんだ！　マジで連れて帰りたくなる」

「間違ってもお菓子で釣るなよ」

すると、こういう冗談だけは一切受け付けない充功が、眉を顰めた。

だが、これを聞いた佐竹が、両手に握りこぶしを作る。

「そんなんで釣れるなら、とっくに釣ってるよ！　ドラゴンソードのカード付きチョコを箱買いで積んだって、兎田家のちびっ子は七生でさえ釣れないんだよ！　だって、絶対にお兄ちゃんのいるお家が一番いいからって、あしらわれるんだよ!!　聞かなくても想像がつく！」

逆ギレもいいところだが、充功は内容が内容だけに、笑いを堪えるのに必死だ。

「いや、俺に当たるなよ」

「あ。いっそ、充功や士郎ごと連れて帰ればいいのか？」

「勝手に言ってろ」

どこまで本気なのかわからない友人に、充功が呆れて言い放つ。

しかし、ここで今来たばかりの充功の友人・沢田《さわだ》が話に参加してきた。

「いや、それは駄目だろう。双葉さんや寧さんが全力で取り返しに来たら、それこそ修羅場だぞ」

何やら恐ろしげに言うも、顔は笑っている。

「あ、そうだった。そうしたら、一家総出で来てもらうか!?」

「それこそ町内で袋叩きに遭うな。今でさえ、充功の側近ってだけで、けっこう嫉《そね》まれてるんだ。これ以上を望んだら、呪われるぞ」

「――了解」

結局、これは常に充功の近くにいる友人――自他とも認める側近的な立ち位置の彼らだからこその、言葉遊びだったらしい。

士郎は聞き耳を立てつつも、内心「なんだそれ」だ。

だが、「俺たちだって、似たような立場にいるはずだ」と自負するのは、士郎の友人達も一緒だ。

「――だって。もしかしたら僕たちも、呪われてるかもね」

「俺は呪われている自信がある！　だが、それでも充功さんからもらった下着セットは、一生の宝だ。家宝だ！」

「俺も！　士郎からもらったパンツ〜っ‼」

星夜はともかく、智也と大地は佐竹さながらに握りこぶしを作って向け合っている。

（いや、どっちもあげたのは、お父さんだし。そもそも買い置きの予備なんだから、充功のだとか僕のだって言われてもな――）

士郎にはよくわからない価値観だったが、これに関しては、一生わかりようがないだろう。

むしろ、彼らの心情や価値観が理解できるほど、士郎たちが誰かをリスペクトした日には、それこそ呪われてもいいレベルの友人達は、大パニックになるだけなのだから――。

5

「じゃあ、みんなでおやつタイムにしよう！」

「おやつ！　おやつ！　おやつ！」

「うんまよ～っ」

グラウンドに樹季たちの声が響いたのは、士郎たちが雑談を終えた頃だった。

木陰に場所を取り、各々に準備してきた飲み物やおやつを広げる。

「あっちゃ～っ」

飛鳥や晴真たちに誘導されてくるアミールに、七生がてってと走り寄って「こっちこっち」と手を引っぱる。

シートの側の木には、エリザベスやポメ太と一緒にハスキーもリードで繋がれており、水やおやつをもらっている。

「お兄ちゃん達～！　おやつあるよ～!!」

「お姉ちゃん達もあるよ～！」

また、樹季や武蔵も見知った顔の子供たちに、「おいでおいで」と手招きをしながら、声をかける。

「ありがとう！　私もおやつを持ってきたよ！」

「俺、飲み物！」

（——え？）

士郎からすれば、昨夜から今日にかけて、どんな伝令《でんれい》が成されたのか、まったく不明だ。

しかし、見学に集まってきた子供たちは、口々に「ありがとう」と言って参加する子もいれば、「えーっ。これから用があって、時間がないよ」と残念そうに帰る子もいた。

また、中には近隣の町内の子もいたようで、先日の祭りで見かけた子などもいる。

樹季たちの手招きに負けて、「夢ヶ丘《ゆめがおか》町だけどいいの？」「俺、平和町《へいわちょう》」などと聞いて、「どうぞどうぞ」と返事をもらってからシートに座っていた。

このあたりは、たとえ士郎たちが知らなくても、相手はキラキラ大家族を知っているパターンだろう。

「本当！　そうしたら、新しいお友達だね」

「すげえ！　俺、兎田武蔵です！　こっちは七生。よろしくお願いします」

「え!?　お友達認定してくれるの！」

「——やった!!」

そして樹季や武蔵のウエルカム精神は、兄弟の中でもトップクラスだ。

ただし、心からウエルカムなのは武蔵だけで、樹季はゆるふわな笑顔の下で、びっくりするほど相手を見分けているのを士郎や充功は知っている。

それも意図しているわけではなく、自然にだ。

これも持って生まれた能力なのだろうが、士郎からすると武蔵が生まれてから守るべき者を得たためか、磨きがかかった。

そこへ更に七生の誕生だ。いっそう磨きがかかっているので、樹季が接待を買って出ている子供たち対しては、初対面でもかなり安心ができる。

「士郎～っ。こっち来て、座れよ！」

「士郎く～ん」

エリザベスたちの面倒を見つつ、樹季たちの様子を窺っていた士郎に、晴真や優音が声をかけてくる。

「俺たちが見といてやるから平気だよ」

「ありがとうございます。お願いします」

樹季たちは佐竹や沢田が、そしてエリザベスたちは充功が見ていてくれるというので、士郎は安心して晴真たちのところへ移動した。

誰が用意をしたのか、三畳サイズのブルーシートが敷かれて、サッカーをしていた子供たちが集まっている。

シートには飛鳥、アミール、晴真、優音、大地、星夜、智也の順で、輪になって座っていた。

また、他の四年生や五・六年生達は、隣に敷いたシートで、じきに来るだろう都大会の地区予選話で盛り上がっている。

「士郎！　ここ、ここ」

士郎が近づくと、晴真が自分とアミールの間にスペースを作った。

座ると向かい側に星夜が来る形だ。

「ありがとう」

士郎は晴真と、早速飲み物を渡してくれた優音に礼を言った。

そして、隣のアミールにも声をかける。

【こんにちは。サッカーが上手いんだね】

【ありがとう】

【ハスキーのリードも、さっそく使ってくれて嬉しいよ】

【うん。今朝から使ってるんだけど、ハスキーもすぐに慣れたみたい】

【よかった！】

昨日の単語を繋げただけの会話より、大分滑らかだった。

優音が、さっそくスマートフォンを取りだし、翻訳アプリを見ながら「士郎くんすごい！」と目を輝かせている。

当然、彼から話を聞いていた大地や星夜、智也もこれを覗き込みながら、

「うん。すごい！」

「さすが士郎くん」

「俺も英語の勉強しようかな」

――などと話して、盛り上がっている。

興味が湧いて自分から勉強しようと思うのなら、とてもいいことだ。

士郎は耳に入ってくる会話に、想定外の効果だな――などと口角が上がる。

すると、アミールの向こうに座る飛鳥と目が合った。

「飛鳥くん、久しぶり」

「久しぶり。士郎くんは英語も話せるんだ。本当、いろいろすごいね」

夏休みに入ってからは、それこそ朝から晩までサッカーの練習なのだろう。

部活や塾のない子供たちとはそれなりの頻度で顔を合わせているし、ネットブログを利用した士郎塾などでも、交流を持っている子たちは多い。

だが、飛鳥はそうしたネットメンバーにも入っていないので、まさに久しぶりだ。

「そんなことないよ。僕のは挨拶程度。それより飛鳥くんのほうこそ、将来のために今か

ら英語も勉強してるんでしょう。そのほうがすごいと思うよ」

「ありがとう。でも、片言で。アミールくんと話をして、まだまだだなって思ったところだから」

「――そうなのか」

飛鳥とはクラスも違い、特別仲がいいかと聞かれればそうでもない。

しかし、お互いに程よい距離感で交流しているのがわかる相手なので、これはこれでいい関係だ。

とはいえ、間に座るアミールは、会話が行き交う度に視線を左右に動かしている。

【あ、ごめんね】

【両端で】

これに気付いた士郎と飛鳥が声をかける。

【いや、別に】

すると、このやり取りを見ていた大地が、ふと思いついたように身を乗り出した。

「なあ。このままじゃあ、学校が始まったら、困らないか？　アミールと話ができるのって、二組の士郎と三組の飛鳥だけだろう。一組になったらお手上げじゃん」

「え!?　そこは先生がどうにかしてくれるんじゃないのか？」

「――だよね？」

一組の晴真と優音が慌てて答える。

しかし、残りの大地、星夜、智也は、士郎と同じ二組だ。

三人して顔を見合わせると、

「いや、だってさ。先生にしたって、さすがに授業を日本語と英語の両方では、できないだろう？　それに問題は休み時間だ」

「そうしたら翻訳機の持ち込みは？　スマートフォンのアプリにもあるし、そこは大丈夫じゃない？」

「そうでもないかも。学校は基本スマホは禁止だよ。親からの届けがあれば、持って行くまではOKだけど、校内じゃ出しちゃいけないことになってる」

「あ！　そうか」

大地の説明に、一度は軽く発した星夜だったが、智也に痛いところを突かれて納得をする。

こうなると、晴真と優音は余計に不安そうだ。

「優音。どうする」

「うーん。クラスに英会話を習ってる子っていたかな？　ピアノなら覚えがあるけど。でも、いても士郎くんや飛鳥くんほどサラっと話せるかどうかは、わからないよね？」

クラスに一人か二人はいるピアノが弾ける子。

そう考えれば、学習塾に通う子のほうが断然多いだろう。今なら幼稚園から英語塾なども、よく耳にする。

だが、優音が気になるのはそこではない。

「――ってか、そもそも俺たちが話せないって、最悪じゃね？　せっかく一緒にサッカーまでした友達第何号？　みたいなポジションなのにさ」

晴真がこれまで以上に首を傾げた。

「そうだよね。あ、でも。僕らが少しでも英語を話せるようになって、同じくらいアミールくんが日本語を話せるようになったら、けっこう通じるんじゃないのかな？」

「そうしたら、アミールと一緒にみんなで勉強するのは!?　翻訳機とか辞書を使って、モーニングは朝！　みたいな覚え方でやっていったら、アミールは日本語が覚えられるし、俺たちは英語を覚えられてＷｉｎ《ウィン》－Ｗｉｎ《ウィン》だろう」

優音がハッと気付いたように提案をすると、それに大地がアイデアを足す。

見る間に智也や星夜の顔も明るくなる。

「そしたら、こういうときほど〝士郎塾〟かな？」

「僕も今、そう思った！　やっぱり翻訳機だけだと不安だし。士郎くんが覚えている分だけでも教えてもらえたら、全然違うと思う。アミールくんも、そのほうが安心だろうしね」

まるで示し合わせたように、二人の意見が合った。

しかしこのままでは、士郎だけに負担がかかるのは、目に見えていた。

智也がチラリと飛鳥のほうへ視線をやった。

「飛鳥もいたら、なお安心だけど――。ずっと練習だもんな」

「ん？　今日みたいに、午前中か午後のどちらかだけっていう日もあるよ。それでよければ、俺も英語の勉強になるし、参加したいな」

「え!?　やった！」

駄目元で聞いただけだったが、意外な答えに、智也はガッツポーズを取る。

これには大地や晴真たちも「よっしゃ！」「イイ感じ！」とノリノリだ。

「どうかな？　士郎くん。士郎塾で英会話入門――みたいなの。会話の勉強なら、樹季くんや武蔵くん、七生くんも一緒にできるだろうし。できなくても、そこは僕らが交代で子守をするからさ」

そうして、大方話がまとまると、優音が少し身を乗り出して、士郎に聞いてきた。

「話しながら、お互いに言葉を覚えるのか――。それは、いいかもね。コミュニケーションを取るだけなら、読み書きまではいらないし。でも、自分から覚えようとして、メモなんかを取っているうちに、自然に書ける単語が増えていきそう」

士郎は、単純に〝いいアイデアだな〟と思いながら、話を聞いていた。

だが、大地達だけでなく、晴真まで自発的に「英語」と言い出したところには、内心かなり驚いている。

夏休みの宿題進行は、間違いなく充功と争うギリギリタイプで、テスト前でも、よほどの窮地《きゅうち》に立たされない限り、自分から勉強などとは口にしないのに――。

やはり、「勉強」とは言いつつ、遊びの延長感覚なのだろう。

あとは、たとえ身振り手振りであろうとも、アミールを公園サッカーに誘った成功例が、背中を押しているのかもしれない。

「うん。教科書のないところで、思いつくままに話してみるのはいいと思うよ。案外、単語繋ぎでも、会話は成り立ったりするしね」

飛鳥も士郎の意見に賛同する。

これらを聞くと安心したのか、優音が晴真や大地たちと頷き合う。

そして、今度は大地が士郎のほうを見る。

「そうしたら、士郎。アミールにも聞いてみてよ。これで〝そんな時間がない〟ってなったら、別の方法を考えることになるけど」

「うん。わかった」

盛り上がったり、心配そうにしたり、今日の彼らは忙しい。

ただ、どんなにいろいろと考えたところで、アミール本人が乗り気でなければ、始まらないのは確かだ。

士郎は、周りの話に耳を傾けつつも、ずっと眉を顰めていたアミールに問う。

【——ごめんね、アミールくん。明日から、何か予定はある？　学校が始まるまでの、八月の間なんだけど】

【何もないよ。部屋の中を片付けて、ハスキーの散歩をするだけ】

しかし、聞いてから気付く。

周りの話がまとまってから確認をされるのは、彼としてはいい気分ではないのだろう。

アミールの素っ気ない返事から、士郎はすぐさま反省をした。

かといって、同時通訳ができるほどの言葉数は、まだ覚えていない。

となると、自分にとっても、この勉強会はいい機会だと思えた。

【それなら僕らと一緒に勉強しない？　僕らは英語を、アミールくんは日本語を】

【勉強？】

【——うん。みんな、君と話せるようになりたいんだって。だから、簡単なお喋りをしながら、お互いの国の言葉を覚えていくのはどうかなって。もちろん、毎日何時間もってことではないから、空いた時間に】

相手の表情を窺いながら、士郎はいつになく慎重に言葉を選んだ。

【……ああ。どうせ暇だし】

アミールは、頷きながらOKを出す。

【なら、決まりだね】

士郎たちの様子から、飛鳥と晴真も「決まったね」「やった！」と嬉しそうだ。

「そうしたら、場所はどうしよう。町内会館だと使える時間が限られるよね？　講習とか趣味の集まりとかで、予定が埋まってるし」

「前みたいに児童館でいいんじゃないか？　エアコン効いてるし」

星夜と智也が、さっそく場所決めの意見を出し合う。

「うん。前にやった児童館での士郎塾みたいな軽いノリがいいかもな。来られる奴だけ集まれ〜みたいな。もちろん、まずはアミールや士郎が来られるときっていうのが、基準になっちゃうけどさ」

大地などスマートフォンを出して、メモを取り始めた。

ノリは軽く縛りもないが、士郎塾と言うだけあって、やはり士郎に負担が偏る。

そこは大地もわかっているので、少しでも手伝おうと思ったのだろう。

ここで取ったメモデータの分だけでも、士郎の作業が減る。

「涼しい日なら、犬の散歩がてら、公園で立ち話でもありだしね」

「そうそう。俺たちは部活もあるし、それくらいのノリがいい」

優音や晴真も隙間時間を狙って参加する気満々だ。

すると、いつから話を聞いていたのか、木の影から樹季たちがパッと出てきた。

「いいな！　士郎くん。僕もアミールくんとお話しできるようになりたい」

「俺も！」

「なっちゃもよ～」

グラウンドでは、充功や佐竹、沢田が、エリザベス、ハスキー、ポメ太と一緒に走っている。

荷物は他の友達が見ていてくれるので、こっそり近づいて脅かそうとでもしたのだろう。

そこで士郎塾の話を聞いたものだから、三人揃って目を輝かせている。

「大丈夫だよ。ちゃんとメンバーに入ってるから」

「「やった！」」

「やっちゃ！」

大地が答えると、揃って「わーい」と大喜び。

士郎や晴真、優音の背中に抱き付き、その場をさらに和《なご》ませる。

抱き付いてきた樹季の腕を「はいはい」と撫でながら、士郎がアミールに話しかける。

【勉強会の日時だけど。僕とアミールくんで予定を決めて、あとはブログ報告にしようと思うんだけど、いい？】

【いいよ】

先ほどの気付きもあったので、まずは彼の了解を得た。

やはり、当たり前のことなのだろうが、先に確認をされるほうが嬉しいようだ。

士郎や樹季と顔を見合わせ、ニコリと笑う。

優音や星夜など、この様子を見ているだけで目を輝かせている。

「そうしたら、僕とアミールくんで日時の目処《めど》をつけるから、あとはブログ報告でいい？　この時間にここにいるから、あとはよろしく——みたいな感じで」

そうして士郎は、アミールと決めたことをみんなに伝える。

「了解！　そしたら、大地たちはサッカー部の手伝いより、士郎塾優先でよろしく！」

「うん！　そうだよね。さすがは晴真くん」

「いいのか？」

「そうしたら、僕毎日出られるよ。天体観測は夜だし」

「俺も！　英語覚えたいし、毎回行っちゃう!!」

晴真や優音の気遣いもあり、大地、星夜、智也が喜び勇《いさ》んで手を上げた。

「——ん？　待って。一組に英語が話せる子がいないかも？　で、士郎くん塾なんだよね？　それなのに、一組の晴真くんと優音くんがサッカー部で出られないのは、駄目じゃないの？」

大分前から話を聞いていたらしい樹季から鋭いツッコミが入ると、この場にいた全員が「あ」と声を漏らした。

その後は「だよな！」「確かに‼」などといって大爆笑になったが、きちんとサッカー部の予定確認も行われて、調整が付けられることとなった。

＊＊＊

「英語♪　英語♪　英語はイングリッシュ♪」

「レッスン♪　レッスン♪　レッスンは練習♪」

「るん♪　るん♪　るんったらったらるん♪」

散歩ピクニックからの帰宅後、樹季と武蔵と七生が、また変な即興《そっきょう》ソングだか掛け合いをするのを横目に、士郎はリビングでパソコンへ向かった。

（英語はイングリッシュ、レッスンは練習か。すごいな、樹季も武蔵も。というか、こういうリズムだと覚えやすいのかな？　飛鳥くんも言ってたけど、別に読み書きをするためじゃないし、受験英語でもない。アミールくんとコミュニケーションを取るために覚えるだけの英単語なら、本当にこれくらい軽いノリのほうが、かえって楽しく覚えられるんだろうな。七生の歌と踊りは相変わらず謎だけど、どっちも僕より上手いしな——）

アミールとサッカー部関係の予定を照らし合わせながら、この日は午前中で、この日は午後でなどの大まかなスケジュールを決めていった。

　また、それとは別に、アミールとは犬の散歩時間を合わせることで、町内を案内して回ることにもなった。

　これには、まだ少し躾が足りないように見える暴走ハスキーを、エリザベスと一緒に歩かせることで、正せればと思ったのもある。

　もっとも、狼にも似たクールな見た目によらず、やんちゃで甘えた、テンション高いなどは犬種の特徴でもあるので、これがどこまで説得できるのかは、士郎にも未知数だ。

（う〜ん。ハスキーに関しては、エリザベスに頼るほうが間違いがないのかな？　そもそも、どうやって躾けられてきたかもわからないし。それに、なんとなく犬同士というか、動物同士のほうが、対人間よりも通じ合えている気がするし）

　結局、ハスキーのことは、エリザベスに頼むことにした。

　きっとポメ太や茶トラ、カラスなども協力してくれるだろうというのは、もはや揺るぎない信頼があるからだ。

（よし。これでいいか。大地くんが書き留めてくれていたから、必要なことを足して、纏めるだけで済んだな）

　そうして士郎は、〝これはコミュニケーションと日常の英会話を体験、勉強する集いです〟という注意事項を含めた文章を纏めると、個人的に登録している鍵付きのブログに明日から三日分の予定をアップした。

鍵となる暗証番号は、普段からここを見ていて、ネットを介して士郎に勉強相談をしている同級生および同校生なら、みんな知っている。

興味があれば見続けるだろうし、また見ない日もあるだろう。

ただ、このことを前提に、士郎は前回の職業体験や今回のような勉強会が決まったときには、掲示板代わりに利用していた。

来る者は拒《こば》まずだが、去る者も自主性のない者も自分からは追わないのが、士郎のモットーだ。

すでにそこは周知されているので、「どうして教えてくれなかったの！」などといった苦情は来たことがない。仮に来たとしても「なら、次からまめにブログだけでもチェックしてね」と笑顔で終わりだ。

（——あ、早っ）

すると、ブログを開いて待っていたのか、早速内容を確認した大地や優音からコメントがついた。参加表明と一緒に「町内会館が使えるんだね！」などと言ったメッセージが書き込まれている。

それこそ職業体験でも利用した町内会館に関しては、帰宅がてら立ち寄り、利用状況を確認したところ、まだ埋まっていない時間帯があったので、その場で予約を入れた。

初日は十時から十二時まで、二日目は十五時から十七時まで、三日目は九時～十二時までと、運良くまとまった時間で空いていたのだ。

それ以降は隙間が短く、仮に空いていても夜になるので、場所はこれから探すことになる。

猛暑でさえなければ、公園に集まっても――と思うが、さすがにそれは避けたい。

今日の公園ピクニックも盛況ではあったが、やはり長時間い続けるには暑い。

ストレスなく勉強をするには、やはり屋内でエアコンは必要だ。

なので、四日目以降は、児童館の利用や、学校の部活で体育館を使っているはずなので、舞台が空いていたら使わせてもらえないか――などの、交渉を考えていた。

（まあ、焦ることもないか。予定をギュウギュウ詰めにすることもないし。何より一番の目的は、学校が始まってから、アミールくんが困らないように、気兼ねなく話しかけられる相手が各クラスにできるってことだ。もしかしたら一組に、英語を習っている子がいるかもしれないし、そういう子が参加してくれたら、晴真や優音くんも心強いだろうしね）

そうしてコメントに返信をしたあとは、メールチェックを済ませて夕飯だ。

食べ終わる頃には寧も帰宅し、今夜の話題は当然〝士郎塾〟だった。

「Let's《レッツ》 be《ビー》 friends《フレンズ》――アミールくんと友達になろう士郎塾?」

「また、すごいことを始めるね」

寧のスマートフォンからブログの詳細や、子供たちのやり取りを一緒に見ながら、颯太郎は感心していた。

こうしてブログの暗証番号がわかっていれば、親でも好きなときに子供たちの様子が窺える。

中には、親の許可がなければパソコンなどはいじらせてもらえない子もいるし、何より親が様子を見て安心できるように——と、士郎は最初に「暗証番号は家族と共有してね」と言って教えることにしていた。

そのせいもあるのか、ここには不要な喧嘩やいじめに繋がるような発言を書き込む子供がいない。親の目も気にしているのだろう。

だが、気にはしていても、こうした穏やかな環境が維持されると、子供たちはいつの間にか「自分が他人に不快な思いをさせなければ、安全で居心地のいい場所にいられること」を実感する。

また、「自分の気持ちが楽しく、穏やかであれば、そもそも悪い気持ちも起こらないこと」も自身で理解していくのだ。

すると、個々に居心地のいい場所は大切にしたい、守りたいという気持ちが強くなるのか、コメントひとつをとっても丁寧になる。

たまには勢いから過激な発言――などをすることがあっても、そこは士郎や周りが諌《いさ》めて、訂正してくれるので、「ごめんなさい」で仲直りだ。

解決すれば、引きずることもない。

そうすることで、子供たちは赦《ゆる》し、赦されることも学んでいるのだ。

寧や颯太郎は、こうした経緯も含めて見てきているので、余計に感心していた。

これには充功も、デザートに出されたスイカを食べながらではあるが共感して頷いている。

「――要は、言葉を教え合いながら、アミールと仲良くなろう。友達になろうってことだろうが。士郎の学年は仲がいいというか、こういうことに積極的だよな。ってか、大地たちのノリがいいんだろうけどさ」

普段から側で見ていることが多い分、心底からすごいと思うのだろう。

これに双葉も「うんうん」と頷いてみせる。

「まあ、今だと単純に時間を持てあましてるのもあるだろうけどね。――でも、そこは前に士郎が言っていた、夏休みに家族との予定がない子、塾や部活がない子、兄弟でも友達でも、常に特定の遊び相手がいるわけでもない子。そういう子達の、ちょっとした居場所になるような集まりが、リアル士郎塾ってことなんだろうし。ただ、士郎が中心だから勉強からは免《まぬが》れないけど、それでも来る子はゲームや動画三昧《ざんまい》になるよりは、士郎やみんなといるほうがいいってことだろうしさ」

「双葉兄さん」

確かに、今ならどこの家にもパソコンやスマートフォン、タブレットの類いがあり、ネット環境はあって当たり前だ。

そうなれば、時間ができれば無料ゲームや動画三昧になることも少なくないだろう。

実際、士郎や充功とは付き合いがないだけで、そういう子供たちが学校にはたくさんいるはずだ。

ましてや、双葉のような高校生になれば、なおのこと——。

それがわかるからこそ、上へ行けば行くほど、士郎だけでなく周りの子供たちにも大きな関心が起こるのだろう。

そしてそれは、「協力したい」という気持ちも自然と起こさせる。

「ちなみに、明日ならバイトがないから、俺も辞書持参でフォローをしてやれるぞ」

「本当！　ありがとう、双葉兄さん。それは心強いよ」

思いがけない双葉の申し出に、士郎は声を弾ませた。

「いや、そうはいっても、もしかしたらもう士郎のほうが話せるとかってオチになってるかもしれないけどさ」

「——それ、めっちゃありそうなくらい、こいつアミールと話してたぞ」

「マジか！」

照れ隠しのように笑う双葉に、充功がそれとなく突っ込み、今夜も兄弟は和気藹々《わきあいあい》だ。

だが、だからこそ、弟たちも「ふふふっ」「えへへっ」と笑い合える。

士郎はそんな様子を見ながら、

（よし！　そうしたら、今夜も英会話のサイトを見ておこう）

両手に握りこぶしを作るのだった。


翌日、十時集合で始まったアミールとの交流・勉強会は、士郎が想像していた以上の盛り上がりを見せた。

町内会館のメインルームにセットされた長テーブルとパイプ椅子は、だいたい三十人から四十人は座れるだけの数がある。

だが、特にブログで参加申請を求めたわけでもないので、士郎は言い出した自分たちに双葉や充功達が加わるくらいだろうと考えて、中央に三人掛けの長テーブル四台を合わせた。これに椅子十二脚を置いてスタートしたのだ。

「『おはよう』」

【おはよう】

「「こんにちは」」

【【こんにちは】】

勉強の中心は当然アミールで、彼の左には樹季と飛鳥、右には武蔵と七生に士郎が座った。

また、アミールの前には晴真、優音、大地、星夜、智也が着いて、双葉や充功、佐竹、沢田などは、適当に着席している子達の後ろに椅子を置いて様子を窺っている。

「おはよう。もう、始まってる？」

「寝坊した！　ごめんなさい」

しかし、十分、二十分と経つうちに、参加者が増えていった。

充功達が士郎たちを囲むように座っていたためか、これに習って三列目の外周が増えていったのだ。

「え？　テーブル、増やそうか？」

「いいよ、士郎。ここで十分見えるし、聞こえるから」

「うん。テーブルを増やしたら、士郎たちから逆に遠くなっちゃうからさ」

途中で士郎が確認するも、このほうがいいと言うので、そのままにした。

確かに、テーブルを増やせば増やすほど、学校や塾のような並びになりそうだと思ったので、「了解」と返して、勉強を続けた。

「こんばんは」

【こんばんは】

「ありがとう」

【ありがとう】

まずは、定番の挨拶からだ。

お互いに正しい発音を覚えるために、ノートパソコンやスマートフォンの翻訳機能を使って、読み上げる。

機械的すぎて発音がおかしいと思う部分は、お互い訂正し合って、一つの言葉を二カ国語で共有していった。

また、それぞれが発し合うのを自主的に録音をしたり、メモを取って自宅での復習に備《そな》えたりする子供もいた。

これには士郎も驚く。

（――思った以上に、みんな真剣だ。もっとわちゃわちゃしたノリになるのかなって、想像していたのに。まあ、それでも心ここにあらずの子たちがいるのは確かだけど）

そうして一時間も過ぎた頃には、女子の参加率もグンと増えていた。

間違いなくアミールの存在、そしてここへ来て空き時間とはいえ顔を出してくれるようになった飛鳥の存在のたまものだろう。

かといって、当のアミールは話の通じる士郎や飛鳥を頼ることが多いし、飛鳥はそれがわかっているので、士郎のフォローをする意味でもアミールと話すことが多い。

しかも、そんな三人を中心に、先に来た男子たちが二列、三列と椅子を並べて囲んでいるのだ。

「全然、お近づきになれない。アミールくん、めちゃ好みなのに」

「だよね～。私は飛鳥くん」

持参した英語教材を抱えつつも、部屋の隅に固まる女子たちがぼやく。

「いやいや。その目的じゃ、外周の男子の側にも寄れないよ。そうでなくても、私たちは上級生なのに。ちゃんと交流しながら、勉強する気満々で声をかけないと、士郎くんにジロっと睨まれたら——。マジで恨むから」

中には冷静に物事を判断できている子もいるが、それでもこの年頃の女の子は、やはり恋に恋する乙女だ。

そもそも彼女にしても、士郎目当てなのが窺える。

すると、別の一人が「え～」と甘い声を出す。

「私はもう、勉強する気満々だよ！　だって、まさか充功くんだけでなく、双葉さんまで来るとは思わなかった！　理想のお兄ちゃんトップスリーの二人が揃うなんて!!　私はやっぱり、お兄ちゃんたちがいい！」

「あ～。それはそれでわかるけど……。ねぇ」

しかし、見れば〝理想のお兄ちゃん〟とされている双葉や充功は、いつの間にか士郎たちの背後を遅れて来た子達に譲って、新たに長テーブルを一つ出していた。

そして、充功と双葉が向き合う形で座っていたのだが、それぞれの友人たちに囲まれて、本人たちの姿は完全に埋まってしまっている。

こうなると、お近づきどころか、見えるのは友人達の壁のような背中ばかりだ。

それでも「同じ部屋にいられるだけいいか！」と前向きなところは、士郎にも「強いな」と思わせる。

それどころか、今この部屋の中でもっとも想定外の事態に追い込まれて、項垂《うなだ》れているのは充功だろう。

なぜなら、士郎のフォローと称してついてはきたものの、ここに来て充功の英語力のひどさに気付いた双葉が、

「やばいな。これはもう、お前の勉強を見るほうが先だ」

「は!?」

そう言いだしたものだから、その場で「充功の英語テストの偏差値を、少しでも上げる会」が発足してしまったのだ。

当然、充功は抵抗しまくったが、話を聞きつけた双葉の友人たちまで来ていたことから、

「まあまあ。この際だから、たまには充功くんも双葉に甘えたら？」

「そうだよ。士郎くんが突き抜けた神童なのは間違いないけど、双葉だって通知表ではオール10のスーパー高校生なのも間違いないんだからさ」

すぐに左右背後を男子高校生に囲まれた。

「いやいや。こいつらだって、都内でもトップクラスの進学校にいる奴らだから。この際、少しでも教えてもらえ。そうしたら、帰ってからの士郎の負担も減るだろう」

「なんで、こうなるんだよ」

今更だが、伊達《だて》に中学、高校と生徒会役員から外れたことがない双葉やその友人達だ。

運動部の代表から文化部の代表まで揃っているだけでなく、特に双葉に絡んでいるメンバーは頭脳明晰《めいせき》だ。

これには佐竹や沢田たちどころか、聞き耳を立てていた士郎も苦笑いしか浮かばない。

(あーあ。あの調子じゃ、すぐにエリザベスたちの運動を理由に、走りに行っちゃうだろうな)

もはや逃げるのは時間の問題だろうと予想する。

「あ、そうだ。ちなみにエリザベスたちは、現役運動部の連中が走らせに行ってくれたから、なんにも心配ないからな」

「――っ!!」

士郎にわかることなら、双葉にだってわかる。

すでに逃げ道は塞がれていた。

（充功、終わったな）

士郎は、いきなり交流英会話からガチな英語授業を受けることになった充功を気の毒に思いつつも、

「【さようなら】」

今はアミールたちのほうに意識を戻した。

町内会館の外からは、ここぞとばかりに走らせてもらい、大喜びしているだろうエリザベスたちの声が聞こえてくるのだった。

初日から三日間続いた士郎塾は、二、三時間を部屋の中で過ごすも、その後は近くの公園へ移動し、一時間くらい遊ぶことが続いた。

そして、遊びながら出てくる会話をその場で翻訳画面に打ち込んでは、出てきた英語と日本語をアミールと一緒に復唱する。

これはこれで生活に密着した学び方だ。

また、町内会館が使えないときには、これでもいいんじゃないか？

そんな意見も出てきたので、四日目からは犬の散歩に合わせて第一公園で、また天気予報によっては児童会館に集まることにした。

そのため交流勉強会の集合予定を決めるのも、当日の朝に士郎が天気予報をチェックし、颯太郎や充功などにも相談してから、「本日は何時からここで開催します」とブログにアップすることにした。

そうして公園に集まった午後のこと——。

「ねえねえ、聞いて」

ペットと定番となったメンバー——士郎、充功、佐竹、沢田、樹季、武蔵、七生、アミール、大地、星夜、智也、優音——が子守と勉強の二手に分かれている中、優音が「学校ごっこをしてみない？」と提案してきた。

その場で、登校から下校までの様子を題材に、普段話していることを思い出しながら翻訳にかけるなどの試みも始めたのだ。

「まずは、登校しました。校門や教室で、お友達に会います！」

「おはよう！　グッドモ～ニング」

【おはよう】

実際、今の交流勉強会自体が、二学期からの登校を想定して始めたことなので、これは確かにいいシミュレーションになるな――と、士郎も思った。

（充功も言っていたけど、みんなすごいな。優音くんなんて、最初はちょっと人見知りなところもあったのに。いつの間にか、進んで意見やアイデアも出すようになって――）

だからといって、その日の会話や単語がすべて覚えられるわけではない。

ここはやはり個人差が出てしまう。

それでも、自発的にアイデアを出して、新しい言葉を覚えようとしている行動こそが、一番身につく方法だろうと、士郎は実感していた。

（それにしたって、まさか晴真が〝グッドモ～ニング〟とか言い出す日が来るとは、考えたこともなかったな）

ときどきクスッと笑ってしまったが――。

「バウン」

「あんあん」

「みゃ～っ」

「……オン」

また、ハスキーも毎日エリザベスたちに囲まれて、あれこれ言いつけられているのか、大分大人しくなってきた。

しかも、こうしてみんなで集まれば、充功を筆頭に、足と体力に自信のある誰かしらが犬たちを全力で走らせてくれる。

おかげで運動量としても満たされているのだろう、ここのところハスキーが急爆走する姿も見なくなってきた。

「いっちゃん。ハスキー、いい子になったね！」

「うん。本当だね。お手！」

「オン！」

「お座り！」

「オン！」

「きゃっ！　いい子、いい子よ～!!」

今では樹季や武蔵、七生が側へ寄っていても安心だ。

この分なら「遊んで遊んで～」と、誰彼構わず飛びかかるところも改善されていそうだ。

(――本当、よく言うことを聞くようになったよな。……って、あれ？)

ただ、そんなハスキーを見ていて、士郎はふと気になることがあった。

(そう言えば……)

「士郎くん！　士郎くん!!　大変、すぐ来て！」

「ん!?」

だが、同時に優音の声がし、振り返る。

すると、アミールと大地が揉めている!?

優音が士郎を呼びながら、血相を変えて走ってきた。

これには、その場にいた充功や佐竹も「なんだ?」「どうした!?」と顔を見合わせる。

ほんの少しだけ——と、みんなから離れて樹季たちと充功達に見てもらっていたエリザベスたちの様子を窺いに来ただけなのに、何事かと思う。

「智也くんたちがぶち切れた！　アミールくんが日本語ペラペラで、意味がわからない!!」

「っ!!」

慌てて駆け戻る士郎に、優音が考えてもみなかったことを言い放つ。

ただ、この瞬間、士郎の中ではたった今気になったことが腑《ふ》に落ちた。

——あ、だからハスキーは、英語よりも日本語のほうに反応したのか！　と。

6

〝智也くんたちがぶち切れた！　アミールくんが日本語ペラペラで、意味がわからない!!〟

優音からそう言われた士郎の頭の中では、たった今気になったばかりのいくつかのシーンが思い起こされていた。

それは初めてアミールやハスキーと出会ったときのことだ。

〝待てっ！　ストップ！〟

〝駄目っ！　ノー!!〟

〝お座り。シッダウン〟

士郎は、アミールを置いて公園内へ爆走してきたハスキーを見たときに、咄嗟に「待て」「ストップ」と言った。

ハスキーの飼い主が普段からどちらの言い方で躾けているのかがわからなかったので、敢《あ》えて両方を発したのだ。

しかし、それはアミールの姿を見ても変わらなかった。

彼の日常語が「アラビア語か英語」と聞いても、エリザベスを躾けたときの癖で発してしまったからだが、そのときからなんとなく違和感は覚えていた。

士郎には、ハスキーが日本語のほうに反応したように見えたのだ。

それでも、アミールが母方の祖父母の家——田中家に越してきたと聞いたので、それなら日常の中で日本語に触れることもあるだろう。

そもそもハスキー自体は、日本生まれの日本育ちという可能性だってある。

何より、ノーリード散歩に疑問を持っていなかったアミールが、ハスキーに「待て」などを教えているのかもあやしい。教えるなら、祖父母のほうかもしれないという考えも起こったので、いったんこの違和感はないものとしたのだ。

ただ、樹季や武蔵からの「お手」や「お座り」に、ハスキーが得意げに応えて見せたことで、士郎はあのときの違和感を思い起こした。

今にしてみれば、電話をした際にアミールの祖母が言葉に関して何も心配していなかったのも不自然だ。

だが、実はアミールは日本語がわかる、話せるのなら納得がいく。

むしろ、記憶を辿れば周りの会話を彼が理解し、反応していたところだって思い出せるくらいだ。

〝——ん？　待って。一組に英語が話せる子がいないかも？　で、士郎くん塾なんだよないの？〟それなのに、一組の晴真くんと優音くんがサッカー部で出られないのは、駄目じゃね？

勉強会の話をしていた際、そう樹季から鋭いツッコミが入ったときに、あの場にいた全員が「あ」と声を漏らした。

その中にはアミールもいたのだから——。

「何が楽しくて、わからないふりなんかしてたんだよ！　理由を言えよ!!」

「俺たちを馬鹿にしてたのか!?」

「酷いよ！」

（うわっ！　大地くんどころか、智也くんや星夜くんまでマジギレしてる！　ってか、智也くんが一番すごくないか？）

士郎が駆け寄ったときには、智也がアミールの胸ぐらを掴んでいた。

こうなると、「今日は用事があるからあとで行くな」などと言っていた、沸点の低い晴真がこの場にいなかっただけでも、よかったのかもしれない。

それでもこの場にいる誰もが騙されたことに憤《いきどお》るか哀しんでいる。

それだけすでにアミールの存在を、新たな仲間、友人として受け入れていたのだろう。

「待って、智也くん！　何がどうして、こうなっているの？　とりあえず、僕にも事情を説明してよ」

士郎はそう叫んで智也の腕を掴むと、まずはアミールの胸ぐらから外すように促した。

「士郎……っ」

これには智也も応じるしかない。

怒りにまかせていた両手から力を抜くと、アミールが溜め息をつく。

今にもその場から逃げ出したいと思っているのがわかる表情だが、優音たちに囲まれている上に、ハスキーの側に充功達がいるので、そういうわけにもいかないようだ。

「だって……、聞いてくれよ。アミールは俺たちを騙してたんだ」

そうして、アミールの嘘が発覚した経緯を説明してくれた。

士郎がエリザベスたちの様子を見ている間に、どんな話がかわされていたのかを――。


「『そうだ。日本の遊び、知ってる？』」

きっかけは、いたって普通の会話からだった。

智也が打ち込んで、スマートフォン画面を表示し、みんなで声を合わせながら日本語と英語でやり取りをしている。

【日本の遊び？　ドラゴンソードバトル】

「――え!?　ドラゴンソードできるの？　待って！」

思いがけない回答に、この場にいた全員が盛り上がった。

ドラゴンソードバトルは、日本のおもちゃ会社が世に出したカード型の対戦ゲームで、年齢問わずに大人気のゲームの一つだ。

日曜の朝には子供向けのアニメも放映されており、またカード入りのチョコ菓子は子供たちのお小遣いでも購入できることから、樹季たちも何かにつけて「おやつはこれがいい」と言っている。

それで先日も、お隣のおばあちゃんが箱買いしたものをくれたのだ。

「『それはカード？　オンライン？』」

【オンライン】

「『オンライン！』」

ただ、智也達がここ一番に盛り上がった理由は、知っているゲームだったから、というだけではなかった。

市販のカードはドラゴンソードのオンライン公式サイトに登録することで、スマートフォンやパソコンでも対戦ができる。

ようは、すでに登録してある者同士であれば、今この場でも始められるからだ。

「え!?　なんだよ！　それなら、めちゃ遊べるじゃん」

「カード用語から覚えられそうだよね」

しかも、こうなると最初は智也のスマートフォンをみんなで覗き込んでいたが、個々に取りだし、公式サイトにアクセスし始める。

この場にいる子供たちは、全員公式サイトに登録していたからだ。

だが、智也だけは話しながら、翻訳アプリに会話を打ち込み続けていた。

「いや、待って。そうしたら日本のプレイヤーで〝はにほへたろう〟って知ってる？」

「はにほへたろう？　もちろん、知ってるよ！　最強のムニムニ使いだ。配信動画を見てすごいなと思っていたところに、ネット内にも現れたプレイヤー！」

すると、打ち込んだ画面を見せる前に、アミールが答える。

「――え!?　そうしたら、伝説の龍使いセフィーは？」

「はにほへたろうとのバトルで見たよ。彼もすごいプレイヤーだよね。けど、はにほへたろうに関しては、なんかオンラインに出てきたときは、動画と戦い方が違ってガッカリしたのを覚えてる。最弱モンスターの必殺技でドラゴンを倒したところに感動したのに、次に見たときはドラゴンでムニムニを足蹴《あしげ》にしてたから」

「すごい！　ちゃんとわかってる!!　でも、そのガッカリは正解だよ。だって、あとからオンラインに登場したのは、はにほへたろうの名を騙《かた》った偽物《にせもの》なんだ」

すっかり話に夢中になっていたからか、智也も最初は気付かなかった。

むしろ、自分が思う以上にアミールが伝説のプレイヤー・はにほへたろう――実は士郎のこと――を知っており、またそのプレイ内容を理解してくれていたことが嬉しくて、話にのめり込んでしまったからだ。

「――偽物⁉」

「そう、だって本物のはにほへたろうは……⁉」

それでも、さすがに話が進むうちに、気がついた。

話が盛り上がり、興奮していたとはいえ、自分が握り締めたまま振り回していたスマートフォンが目に入ったからだ。

「ん？」

「あれ？　今の話って」

「もしかして、普通に話せるの？」

すると、智也に続いて大地や星夜、優音も気がついた。

「アミール。どういうことだよ？」

「……」

「説明しろよ。またわからないふりをするつもりなのか⁉」

改めて智也が問えば、アミールはバツの悪そうな顔をするばかり。

おそらく、ここで「ごめん」と謝り、アミールなりにあったかもしれない事情説明や言い訳をすれば、まだ彼らも怒ることはなかっただろう。

少なくとも、この時点では、驚きのほうが勝っていたはずだ。

しかし、アミールはそれをしなかったどころか、智也から視線まで外した。

「お前っ……。俺たちを騙して、まったく悪いと思わないのかよ！」

結果、これに智也がぶち切れて怒鳴り、大地や星夜たちも賛同してしまい、さすがに優音だけは慌てて士郎を呼びに来ることになったのだ。


「――そう」

アミールの語学力がバレたきっかけが、伝説のムニムニ使いはにほへたろう――自分だと知り、士郎は複雑な心境になった。

その場にいる他の友人達にしても、顔を見合わせるばかりで、これという言葉が出てこない。

そしてそれは、士郎を追いかけるようにして、木陰に繋いでいた犬と樹季たちを連れてきた充功達も同じで――。

肝心なアミールにしても、俯《うつむ》いたまま立ち尽くしている。

「〝そう〟じゃないよ、士郎！　俺は、こんな奴の嘘に騙されて、士郎塾とか言っちゃったんだぞ！　士郎に一番面倒をかけることだってわかっていたのに」

すると、士郎の反応に納得がいかなかったのか、智也が声を荒げた。

「それでも二学期になって、もし一組になったらって——。いや、どこのクラスになっても、少しでもわかるほうが、アミールも安心だよなって思ったたし。あとで〝士郎助けて〟ってことになるなら、今言っても同じだし。それで、勉強するなら士郎塾なんて口にしたのに。もう……、こいつがどうより、俺が士郎に悪くて、腹が立つんだよ！」

確かに、翻訳アプリや辞書を使った勉強会を言い出したのは大地だが、「そしたら、こういうときほど〝士郎塾〟かな？」などと口にしたのは智也だった。

それも、ノリだけで言ったわけでもなく、彼なりにいろいろと考えて、また自身もできる限りの協力をする前提で、士郎を担《かつ》ぎ上げたのだろう。

実際、家でも自習、復習をしていたのだろうし、勉強会には毎回参加し、アミールにも片言ながら話しかけていた。

また、今日のように飛鳥が練習で不参加なときなど、特に頑張ってくれていたのだ。

「智也くん」

しかし、だからこそ、持って行き場のない腹立たしさも人一倍なのだろう。

この気持ち自体は嬉しいし、士郎も有り難いと思う。

だが、まずはこの場の全員が落ち着いて、アミールから事情を聞ける状態にならなければ、なんの解決にもならない。

「そうか。でも、気持ちは嬉しいけど、まずは落ち着こう」

「落ち着けないよ！」

「アミールくんの言い分も聞かないと」

「さっきから聞いてるのに、答えないから怒ってるんだよ」

智也の憤りは理解できるが、この調子で「説明しろ！」「理由を言え！」と迫っても、萎縮するばかりだろう。

士郎自身も、まだアミールの性格は掴みきれていないが、言葉がわかるイコールなんでもスラスラ話せるとは限らない。

少なくとも、この状況で黙っているのだから、逆ギレをして「うるせぇ、ばーか」などと言うタイプでもないだろう。

そう判断していた。

「なら、先に僕の意見だけでも聞いてくれない？」

「……っ、うん」

智也も士郎に言われて、一度息を飲み込んだ。

士郎がニコリと笑って見せると、周りいた大地や充功たちも、自然と聞く姿勢を見せる。

エリザベスやポメ太、ハスキーさえも、樹季に「しーだよ」と唇に指を当てて合図をされると、その場に伏せたほどだ。

「僕が思うに、仮にアミールくんが日本語がわかる、話せるとして、それが生まれたときからこの国で育ってきた僕らと同じレベルかっていったら、そうじゃないかもしれないだろうって、ことなんだ。普段、僕らはまったく意識していないけど、実は日本語って、外国の人たちからすると、すごく難しい言語でね。そこに、会話とは別に〝空気を読む〟みたいなところもあるでしょう。そういう部分まで含めたら、出会って間もない僕らとの会話に、用心深くなっても不思議はないと思うんだ」

士郎は年のわりに弁《べん》が立つほうで、それは誰の目から見ても明らかだ。

だが、生まれたときからそうかと言えば、そんなわけはない。間違いなく、両親と兄たちの日常会話に影響を受けた基礎がある。

その上で、自ら見聞きしたことが、時として大人をもやり込める弁に繋がっているのだが、それでも言って良いことと悪いことの線引きの基準は、家族の影響だ。

特に颯太郎や寧の口調や言葉選びは、常に綺麗で穏やかで優しい。

どんなに充功が〝怖いお兄ちゃんキャラ〟で周りを威嚇しようとも、実際は年相応の男子の口調、それどころかブラコンがだだ漏れで――とされてしまうのも、間違いなくこうした家族の中で育《はぐく》まれたからだ。

しかし、家庭が変われば言葉遣いも変わる。

両親や本人の出身地によっては方言だってある。

職業によっても声が大きくなることや、乱暴に聞こえることもあり、かといってそこに悪意があるかと聞かれれば、まったくない。

その上、標準語であっても同じ意味で無数の言い回しがあるのだから、士郎でも本気で日本語のすべてを知ろうとしたら、研究者レベルまでいかなければわからないだろうと思う。

また、そういう難しさをすべてとっぱらっても、日本人は本音と建て前を使い分ける。意識せずとも、これを当たり前のようにする子供もたくさんいる。

習慣として身についているからだ。

そう考えたときに、アミールが少しでもこうした知識を持っていたら、最初は用心のために確実に話せる言葉で相手との距離を縮めようとしても、士郎的には仕方がないのかなと思えた。

自分でも、かなり頑張っていい解釈をしている自覚はあったが、最初から彼が悪意をもってこんなことをしたとは考えにくかった。

それもあり、ここは〝日本語の難しさ〟を前面に押し出すことで、智也や大地たちの気を静めようとしたのだ。

すると、これを真っ向から受けた智也が「うん」と頷いた。

「士郎が言いたいことはわかった。けど、日本語が不自由なやつに、あれほど〝はにほへたろう〟は熱く語れない。実際に話した俺が思うに、アミールは少なくとも俺たちと対等に話ができるし、なんなら士郎とだって込み入った話ができると思う。多分、こう言えば、士郎以外は全員が納得する。アミールはそこらへんの大人よりも、しっかり日本語が話せるって」

しかし、いったん怒りを飲み込んだ智也は、いつになく雄弁《ゆうべん》だった。

そもそも勉強もできれば、頭の回転もよい智也だ。ここでも自分を引き合いに出されては、さすがに士郎も二の句が継げなかった。

それどころか、一緒に聞いていた充功や佐竹、沢田まで妙に説得されている。

「あっちゃ〜。そりゃ、立派な日本語だわ」

「だな――。士郎と対等に込み入った話ってところで、もう母国語レベルだもんな」

「確かに、はにほへたろうを熱く語るには、ゲーム内って言うか、国内での基礎知識も必要だろうしな」

士郎は、まさかここで、三人に「うんうん」とやられるとは思ってなかった。

ただ、いったんは智也の言い分を受け止め、同意した充功だったが、「た・だ・し」と強調してから意見を続けた。

「大勢で囲んで、怒って、どうしてなんでって言い出したら、まずはみんな落ち着けってなるのが、士郎の性格じゃないのか？　お前らが、真剣だったからこそアミールに対してキレたのはわかる。けど、こういう対立系になったら、士郎がどう動くかなんて、普段から一緒にいるお前たちのほうが知ってるはずだろう」

特に怒って見せたわけでもないが、指まで振って「ちっちっ」とやって見せた。

これに智也達がハッとする。

「――っ!! ごめんなさい！ そう言われたら……そうです」

智也は、すぐに士郎の意図を察した。

確かにこうした状況になったときに、士郎が多勢について一人の子供を責めるなどは、したことがない。

それこそ大勢の子供たちから「助けて士郎！」と縋《すが》られて、大人相手に立ち向かうことはざらだ。だが、それでも代表者として意見を発することはあっても、子供たちと一緒になって一人の大人を責めることはない。

一緒にいる子供たちは、「そうだそうだ」と加勢しがちだが、それさえ「それは駄目だよ」と叱る。

そうしたシーンなら、これまでいくどとなく目にしてきたからだ。

「俺も、ごめんなさい！ 一緒になって、責めちゃって。本当なら、怒った智也を真っ先に止めなきゃいけない側だったのに」

「僕も！ すみませんでした」

すぐに大地と優音が続いた。

「ごめんね、士郎くん。そうだよね。僕たちがよってたかって、とかしなければ、士郎くんがアミールにきちんと事情を聞いてくれただろうに」

星夜も思い当たることが多くて、士郎に頭を下げる。

「ううん。そこは、いいよ。お互い様。それに、充功も言ってたけど、みんなアミールくんに対して一生懸命だったからこそ、ビックリもしたし、腹も立ったんだろうからさ」

士郎もようやくホッとする。

充功にも「ありがとう」と言うように、笑って見せる。

だが、本題はここからだ。

「――ってことなんだ。アミールくん。智也くんたちは君のことが好きで、もう友達や仲間になれたよねって思っていたから、感情的になったんだよ。ただ、怒ったからと言って、嫌いになったわけじゃない。理由がわからないから、もやもやするんだよ。よかったら、どうして日本語ができないフリをしていたのか、教えてもらえないかな？」

士郎はいつにも増して慎重に訊ねた。

正直に言うなら、アミール本人が一番面倒なんじゃ？　と思うことを、かれこれ一週間は続けてきた。

「ちょっとからかってやろう」「様子を見てやろう」という子供の悪戯心《いたずらごころ》だけでは、続かない気がした。

だからボロが出たんだ――と言ってしまえば、それきりなのもわかっていたが。

するとアミールは、ここまで伏せていた顔を上げて、フッと笑った。

「別に。こういう見た目なんだから、日本語が話せないほうが盛り上がるだろう」

「は？」

意味がわからず、士郎は素《す》で首を傾《かし》げた。

「実際、士郎だって俺の見た目から、こいつは日本語が通じないって思ったから、英語で聞いてきたんだろう」

アミールが発した言葉は、智也の言うように、とても滑らかな日本語だ。

しかし、何か勘違いされている気がして、士郎は瞬時に記憶を辿った。

脳内では、まるで動画を観るように、出会ったときのことが思い浮かぶ。

「――え？　それは、最初に君が僕の問いかけに答えなかったから、試しに英語で聞いてみただけだよ。僕、最初は普通に聞いたよね？　〝大丈夫？　痛いのはどこ？　足？　腕？　お腹は打たなかった？〟って。〝大丈夫だよ！　エリザベスは君の犬を叱って、躾けているだけ。遊びたいのはわかるけど、落ち着けって。リードもなしに近づいたら、怖がられるんだって、教えているだけだから！〟って」

大真面目に返事をすると、アミールが「え？」と言って驚いた。

士郎があのときに発した言葉を、そのまま伝えたからだろう。

そう言われれば確かにそうなのだが――というよりも、ここはやはり台本でも読み返すように発せられたことに目を丸くしたのだ。

「もちろん、君の返事を待たずに、僕が英単語で話しかけたことが、こういう流れを作ったんだとしたら、そこは謝るよ。確かに、すぐに返事がなかったからといって、君がその見た目でなければ、日本語じゃだめなのかなとは思わなかったし。そこは、ごめんなさい」

士郎はアミールが、自身の見た目について口にしたことで、改めて日本生まれの日本育ちなのではと思い始めた。

もしそうならば、母方祖父母の養子に入る以前の問題だ。実は、周りの子供と違う容姿にコンプレックスを抱いていたのかもしれない。

だとしたら、どんなに自分達が「カッコイイね」「素敵だね」と褒めたところで、本人がどう捉えるかは別の話だ。

世の中には、自分より秀《ひい》でた何かを持つ相手を見たら妬《ねた》ましいと感じて、それを言動に表す者が一定数いる。

もし、そうした相手から、すでに嫌な思いをさせられていたら、褒め言葉さえ嫌味に聞こえるかもしれないのだ。

それでも――。

「ただ、僕は何語ならわかるのって確認をしたんだから、そこでアラビア語と英語と日本語って言っても、何も問題はなかったよね？　ましてや、これだけベラベラ話せるんだったら、僕に〝ちゃんと話せるよ〟って、言い返してくれたらよかっただけだ」

士郎には、アミールの言う〝場が盛り上がるだろうから日本語が話せないふりをした〟という主張は取って付けた言い訳だろうと思えた。

本当に場を盛り上げるのなら、三カ国語が話せてペラペラなんだと言われて、実際に話してもらうほうが盛り上がる。

だが、そういう発想にならないことに、真の理由があると感じた。

士郎は、アミールの中に、自分にも覚えのある嫌な経験――いじめられた過去があるのではないか？　と、思えたのだ。

「だから、何度も言わせるなよ。こういう見た目なんだから、話せないほうが盛り上がるだろう。それで勉強会だなんだって、毎日楽しんだんだから、いいじゃないか。なのに、ちょっと話せるってわかったとたんに、嘘つきだの騙しただのって」

次第にアミールの声が荒ぶり始めた。

それでいて、彼の青い瞳に、蓄積された悲しみのようなものを感じるのは、決して思い違いではないはずだ。

なぜなら士郎は、瞳の色に関係なく、こうした悲しい目をした子供から大人を、数え切れないほど見てきた。

すべてが記憶に残っている。

理由は様々だが、周りの人間性に疑いを抱き、自分の立ち位置や居場所の有無がわからなくなった。

そうした内に秘めた「誰か助けて！」「どうしたらいい!?」という思いが、言葉にならないまま我慢し、いつの間にか自分だけの殻に閉じこもってしまう。

それが唯一、自我を守ることだからだ。

「――そう。なら、そういう理由だとして、改めて聞かせてくれるかな？」

こうしたことを踏まえて、士郎は敢えてアミールに聞いてみようと思った。

自然と指先に力が入り、眼鏡のブリッジをツイと上げる。

これには、黙って見ていた智也達もビクリと肩を振るわせた。

この仕草が士郎の癖で、大概は理不尽な大人相手に意見をする、戦闘モードに入ったときに自然と出るものだからだ。

「それで君は楽しかったの？　智也くんとゲームの話をして盛り上がるほうが、翻訳アプリの使用を忘れて話しちゃうほど、楽しかったんじゃないの？」

だが、アミールに問いかけた士郎の口調は優しく、声はとても穏やかだった。

「――っ！」

「ちなみに、僕から見ると、みんなで集まって翻訳アプリを通しながら話す君も、普通に楽しそうに見えていたよ。決して、僕らを盛り上げるためだけに話せないふりをしていたとは思えない笑顔も浮かべていた。一度として僕らが君の嘘に気づけないでいることを、馬鹿にしているとか、面白がっているように感じたこともなかった。それだから、僕を含めてみんな混乱してるんだ。理由を知りたいって思うんだ。どうして、わざわざ話せないフリなんかしていたの？　って」

決して、嘘をついていた彼を責めているわけではないことは、十分に伝わる。

しかし、アミールは閉じた唇を震わせていた。

そして、その唇を開いたときには、眉をつり上げて――。

「お前のほうこそ、それを聞いて何がしたいんだ。俺から、それは仕方ないねって言えるような理由でも聞き出して、周りを説得したいのかよ。俺を慰めて、周りとの仲を取り持って、どこまでもいい人ぶりたいだけか!?」

士郎は頭ごなしに怒鳴られた。

だが、こうなることも覚悟していたのか、

「いや、そんなことは……」

「だったら、お生憎様《あいにく》！　俺が話せないフリをしたのは、どうせすぐに悪口を言い出すと思ったからだよ。最初は物珍しがって、友達になろうって近づいてきて――。けど、結局陰では肌の色がどうこうと悪口を言うし、この見た目のせいで差別をする！　日本語なんかできても、できなくても、これまで知り合ってきた奴らはみんなそうだった！」

冷静に否定しようとしたが、それさえアミールの激情にかき消された。

しかし、その青い目は、士郎にはいっそう憂《うれ》いて見えて――。

「だったら話せない、わからないを貫くほうが楽だろう。都合が悪いことは、聞かないフリもできる。それなのに、お前らは――」

そうして、最後は言葉に詰まると、アミールは身を翻して、沢田が持っていたリードを奪い取った。

「立て、ハスキー！　帰るぞ」

「オン!?」

「いいから来い！」

その場に伏せていたハスキーを強引に立たせて、走り去っていく。

「アミールくん！」

「任せろ！　ちゃんと家に帰るかどうかだけ、確認するから」

呼び止める士郎の声と同時に、充功があとを追った。

どんなにアミールの足が速くても、小学生と中学生だ。充功なら見失うことはないし、何より持久力では充功のほうが上だ。

「頼むね!!」

士郎がそう叫ぶと、同時に近くの木にとまっていたカラスが飛び立つ。

(裏山のカラスさん!)

おそらく、これまでに見てきたカラスの行動からすると、上空からアミールやハスキー、充功の様子を窺ってくれるのだろう。

そして、その報告は茶トラやエリザベスを経由して、士郎にも伝わる。

士郎は、安心してこの場のフォローに徹することにした。

残された子供たちも動揺している。

七生はいつの間にか佐竹が抱っこをしてくれていて、樹季と武蔵もしっかり抱き締め合っていた。

「士郎……」

戸惑いながら、智也が「どうしよう」と言いたげに名前を呼んだ。

だが、これに士郎が頷きかけたときだ。

「お待たせ～っ。今、すれ違ったけど、アミールは帰ったの?」

「充功さんも走って行ったけど?」

「晴真!」

「飛鳥!!」

家の用事を済ませただろう晴真が、練習終わりの飛鳥と共にやってきた。

「――え？　何この空気」

何かあったことだけは察したのか、晴真が士郎たちを見回した。

だが、この瞬間。士郎は張り詰めていた場の空気が和《やわ》らいだのを感じた。

いつも通りに話しかけてきただけの晴真や飛鳥の存在が子供たちから緊張を解き、一気に和ませたのだった。

＊＊＊

公園には、士郎を中心に優音、大地、星夜、智也、あとから駆け付けた晴真、飛鳥が一つの輪を作っていた。

そしてその側では、七生を抱えた佐竹、エリザベスやポメ太のリードを預かった沢田、武蔵と手を繋ぐ樹季が固唾《かたず》を呑んで見守っている。

「ええええっ！　そんなことがあったのかよ。なんだよ、アミールの奴。さっさと言ってくれたら、今から部活に誘えたのに！　ドラゴンソード通信もできたのに！」

猪突猛進なところはあれど、陽気で世話好きな晴真は、年相応の子供らしさを持っていた。

アミールとの経緯についても、大げさに驚いて見せる。

「――ごめんね、みんな。嫌な気持ちにさせて」

しかし、知的で理詰めに走りがちな士郎とは真逆なタイプだが、かえってそれがいいのか、こうして揃うと緊張以上に緩和《かんわ》を生む。

神妙な顔つきで謝る士郎とは対象的すぎて、これが俯《うつむ》きがちだった智也たちを笑顔にしたのだ。

「そんなことないよ。元はといえば俺たちが――、なぁ」

「うん。そうだよ、士郎。俺たちこそ、嫌な聞き役をさせちゃって、ごめんな」

智也や大地が顔を見合わせ、士郎に頭を下げる。

すると、この場にいた子供たちが、相づちを打ちながら、士郎にばかり負担をかけたことを謝罪した。

これを見て、佐竹や沢田は安堵し、また樹季や武蔵、七生も周りに合わせて「うんうん」と頷いている。

また、この間飛鳥は、無言で全体を見渡しており、こうしたところにも子供たちの個性や性格が窺い知れた。

「それより、士郎くん。アミールくんが日本語を話せないフリをしてたのって、僕らのことを疑ってた――って、ことでいいの？」

少し落ち着いたところで、星夜が問う。

「うん。疑うというか、窺うというか。僕たちへの〝試し行為〟だろうね。話の途中から、そんな気はしてたんだけど」

士郎は極力わかりやすく、それでいて悪口にならないような言葉を選ぼうとした。

しかし、今回ばかりは、代わりになる言葉が思いつかない。

かなりストレートに言うことになったが、それでもこの場にいる子供たちなら大丈夫だろうと信じての発言だ。

「――だよな、あの言い方だと」

「うん。これまでに、けっこう嫌な思いをしてきたんだろうしね」

士郎の考えを汲み取ったのか、大地や優音の返事から、憤りの類いは感じなかった。

むしろ、もともと想像力や感受性の強い子供たちだけに、そうせざるを得なかっただろうアミールに同情的なのがわかる。

ただ、これを聞いて晴真が手を上げた。

「待って。俺まだ、ついて行けてない。アミールから試されるって国語のこと?」

「うーんとね。語学力のほうじゃなくて、日本語がわからないフリをした自分に、どこまで俺たちが親切にしてくれるか――みたいな?」

「あとは、仲のいいフリをしても、実は言葉がわからないと思って、悪口を言うかもしれないって疑ってたんだよ。そこを確かめよう――、みたいな？」

智也と大地が説明を買って出る。

この場にいないアミールを悪くは言わないようにしているのは、士郎を見習ってのことだろう。

晴真にもしっかり通じたようだ。

「マジか、士郎。俺たち、あいつに悪口を言われるかもしれないって心配されてたのか」

（――!!）

しかも「疑って」が「心配されて」に変わっただけで、まるで印象が違った。

これには、最初に「騙した」「嘘をついた」とアミールを責めてしまった智也たちもハッとしたようだ。

士郎は、晴真が意図して放った言葉ではない、感覚的にそうした言い回しをしたに過ぎないことがわかるだけに、温かな気持ちになる。

それこそ――ああ、だからアミールも、最初から晴真の誘いを断らなかったんだ。

公園まで来て、サッカーをしていたんだ――と、納得がいく。

その反面、士郎は自分もまだまだ言い方がよくないな――と、反省もする。

「そうだね。晴真の言うとおり、心配だったんだと思う。もちろん、アミールくんだって、タイミングを計って、自分から言うつもりだったのかもしれない。それが、話の勢いでバレちゃって——。なのに、まだそれらしい言い訳を用意していなかったから、答えられなかったとも考えられる。それで、あんな乱暴な言い方になったのかな——って」

士郎は、晴真の受け取り方を大切にしながら、改めて自分なりの考えを纏めた。

「もちろん、僕が強引な聞き方をしたことは、反省しているよ。アミールくんに、嫌な思いもさせてしまって、ここはあとでちゃんと謝る。でも、本人から聞かなかったら、どうしてそんな心配をしなきゃいけなかったのかが、わからないし。理由や原因がわからなかったら、今後も安心してもらえない。アミールくんに、ちょっとでも僕らのことを信じてもらえない気がしたんだ」

これからどうしたいのか、どうするべきかを相談するためにも、誠心誠意伝えた。

「そりゃあ、いきなり仲良しで大親友になろうなんてことは言わないよ。友達や親友の基準って、人それぞれだしね。けど、学校が始まったときに、周りが信じられないとか、何を言われているかわからなくて怖いとか——。そんなことを思いながら行かなきゃいけない場所って嫌でしょう。せめて、そこにはちゃんと自分の居場所があって、普通に話もできる子がいて、ここなら毎日通うのも悪くないなってほうが、いいと思うから——」

こうして話している間も、士郎の脳裏には、この希望ヶ丘町へ越してくる前の、まだ都心に住んでいた頃の辛い記憶が渦巻いていた。

生まれたときから見聞きした物事すべてが、動画のように記憶されている。

それをいつでも正確に思い出せるが、これが〝記憶力がいい〟レベルではないことは、士郎自身も随分前から気づいている。

調べてみた限り、超記憶症候群――ハイパーサイメシアという特殊能力だ。

しかし、今ならそうと知った上で、他人から、特に大人から変に思われないように、振る舞える。

だが、幼稚園に入ったばかりの頃、それこそ初めて家庭から社会へ出たときには、そんなことは考えもしなかった。

そのため、入園したその日のうちに先生や友達、その保護者の顔と名前をすべて記憶し、言葉もしっかりと話す三歳児は、奇異《きい》の目で見られることになった。

特に一部の母親達からは、「薄気味悪い」「こういうのも障がいよね」などと陰口をたたかれ、両親や兄たちまで悪く言われることさえあった。

中には好奇心に満ちた眼差しで、「一度専門機関で詳しく診てもらったら？」などと言ってきた保護者もいたのだ。

しかも、当然と言えば当然なのだろうが、その母親の子供たちも士郎を〝自分達とは違う子供〟〝気持ち悪い子〟と認識し、避けたりいじめたりするようになった。

これも今なら、その子達は母親たちの刷り込みから、本能的に自身を守るために自分と違う士郎を危険と認識、排除しようとしたのだろう――と思う。

そうでないことを知るには、本能を抑えるだけの理解力が要《い》るだろうし、知識も要るだろう。

それでも、無邪気な子供たちから、本能のままにいじめられ、仲間外れにされたことは、士郎の中に深い傷として残っている。

それが消えない記憶と共に完治することがないにしても、癒えて気にならなくなったのは、誰が何を言っても、「大事な弟をいじめたら許さないぞ」と守ってくれた兄たちのおかげだ。

その土地から士郎を離すことで、周りとの関係をやり直すきっかけの場を与えてくれた両親のおかげだ。

そして、新たなスタートを切ることとなった希望ヶ丘幼稚園で――、

〝俺、晴真！　今日から友達！　士郎は俺の親友な！〟

〝――っ!?〟

ひと目で士郎を気に入ったらしい晴真の即決だった。

こればかりは、未だによくわからないなりゆきだが、以来晴真は士郎の親友だ。

最近では、大親友と呼ばれて、ランクアップしている。

だが、思い付きだけで言うし、動くし、という晴真の真意はわからないが、士郎自身いつしか晴真を親友として受け入れた理由ならわかる。

晴真が根っから他人に優しく、気遣いに溢れているからだ。

本人には、その自覚があまりないようだが、そこがまたいいのだろう。

ただし、敵認定をした相手への暴走ぶりはすごいが、それも士郎や士郎が大事にしている物事に関わることでなければ、近寄らなくなる程度だ。

そして、そういうところが士郎と似ていたりするので、価値観も合うのだろう。

いずれにしても晴真が、傷ついた士郎に「自分に優しい他人もいるんだ」と思わせてくれた第一号だったことに間違いはない。

「そりゃそうだよ！　自分がいじめられないかどうかを気にしながら行く学校なんて、嫌だよ。ましてやいじめられていたら、行きたくなくなる。そんなの誰でもいっしょだよ。見た目なんて関係ない！」

士郎がほんの少し、過去の記憶に囚《とら》われている間も、大地は両手に握りこぶしを作って力説していた。

「――だよな！」

「けど、それにしたってアミールが前に住んでいたところの奴らって、なんなの？　あんなにカッコいいのに、容姿を悪く言うって異次元人なの？」

智也が同意し、大地も憤慨を口にする。

「うん。そうだよね。髪も目も肌の色も、すごくアミールに似合ってる。ってか、それがどんな色だったとしても、あのモデル体型みたいな八頭身に、どこの誰が文句を言えるのか、顔が見てみたいよ」

「待って！　もしかしたら、逆かもよ。カッコよすぎて、嫌われたのかも。例えばだけど、学校中の女子がアミールに夢中になって、男子から逆恨《さかうら》みされた――とかさ」

珍しく星夜まで声を荒らげていると、そこへ優音が待ったをかける。

士郎は黙って聞きに回った。

少なくとも彼らにおかしな偏見《へんけん》はない。

アミールが英語しか話せない外国の子供だと思っていたときも、実は日本語も話せる外国の子供だとわかった今も、彼は彼だ。何も変わらない。

突き抜けたイケメンぶりに、すごいすごいとはしゃぐことはしても、そんな彼と他の誰かを比べて貶《おとし》めるような発想もない。

だから、安心して聞いていられると言うものだ。

「あ――。そういうのもあるだろうね。単純に自分とは違う肌、姿をしているってだけで、忌《い》み嫌う人間もいるって、外国から来た選手が言ってたことがある」

「自分と他人が違うなんて、当たり前のことなのに？」

すると、悲しそうに人伝《ひとづて》に聞いた話をする飛鳥に、晴真がさらっと聞き返した。

これには飛鳥も驚いて目を見開く。

「――晴真」

「だってそうだろう。あんなにそっくりな士郎たちの兄弟だって、ちょっとずつ違うんだぞ。それが親戚でもない他人が羨ましがったり、嫌ったりしたところで、同じ顔にも姿にもなれないじゃん。そんなことで意地悪する暇があったら、自分が好きなことでもしてたほうが楽しいのにさ」

飛鳥が話してくれたことの意味や、その重さは、士郎も十分察することができた。

かといって、晴真が内容の深刻さを無視して、笑顔を浮かべたわけではない。

それは士郎だけでなく、飛鳥やこの場にいる子供たちも全員がわかる。

「――ド正論《せいろん》だね」

そう言った飛鳥が、珍しく吹き出した。

若干話の方向が逸れてはいるが、それでも晴真の言い分はもっともだ。

士郎も聞いていて、心から嬉しくなる。

「晴真って、たまに士郎みたいなこと言うよな」

「たまにじゃねぇよ！　俺が今日まで、どれだけ士郎からお説教されてきたと思ってるんだよ！　ちょっとでもやらかしたら、めちゃくちゃ怒られるんだからな！」

「確かに!!」

そこからは、大地がからかい、晴真が言い返し、みんなで笑い合った。

何気なく、自分が説教ばかりしているような言われようだが、それでも今日ばかりは晴真に「なんだって!?」とは、突っ込む気にならない。

それどころか、この場にアミールもいたらよかったのにな――と、思うほどだ。

(この会話、アミールに聞かせてあげたかったな。多分、彼が僕らを警戒したことが、実は無意味だったことがわかってもらえそう。誰も髪の色や目の色、肌の色なんて気にしてない。多分、樹季と一緒で、総じてカッコイイことにしか目がいってない。仮に、普通のルックスであったとしても、別のいいところを発見するだけだろう。それこそ、英語が話せるなんてすごいね――から始まって)

以前彼がどこに住んでいたとしても、国内外問わず、悪気なく人種や見た目だけで差別する人間が一定数いることは確かだ。

生まれ育った土地柄や両親の教え、歴史や宗教的な背景にも関わってくることもあるだろうし、そもそも個人的に相性の合う合わないだってある。

人と人との関係は、本当に難しい。

ふと、溜め息が漏れる。

すると、これになぜか晴真がビクリと肩を振るわせた。

「――って、士郎。今の溜め息何？　俺、まずいこと言った？」

誤解もいいところだが、普段ならとっくに入っているだろう士郎からの突っ込みがなかったので、変に思っていたのかもしれない。

なので、ここは士郎も思ったことを、そのまま伝えることにした。

「ううん。晴真が当たり前のことを、ちゃんと当たり前だって思っていることが嬉しかったんだ。感動しただけだよ」

「本当か！」

「うん」

晴真がいっそう喜び勇んだときだ。

スマートフォンの着信音が響いた。

「——もしもし。あ、充功。——え⁉　なんだって」

それが佐竹のものだというのは、すぐにわかった。

抱いていた七生が、いったん下ろされる。

「わかった！　一斉《いっせい》メールは俺たちに任せろ。あと、アミールのところへ行ったら、あとは士郎たちに任せて、俺たちも探す方に加わるから！」

充功はアミールが帰宅するのを見届けようと追いかけたにすぎないはずだが、明らかに様子がおかしい。

士郎は佐竹が通話を切ったところで、声をかける。

「どうしたんですか？　充功やアミールくんに何か⁉」

「帰りがけにハスキーがまた暴走したんだって。それで、引っぱられたアミールがすっ転んだ拍子に、リードを放したらしい。それでハスキーは充功が追いかけてるから、士郎たちには転んだアミールを頼むって。場所は岡田ベーカリーの近くだ」

いきなり交通事故だと言われるよりは、まだ冷静でいられた。

しかし、それにしても——な、内容だ。

「——あ、はい!!」

士郎は一瞬「え!?」と声が漏れそうになったが、その場で返事をすると、晴真たちにも「行こう」と声をかけた。

そして、全員で頷き合うと、そのまま充功に言われた場所へ走ることとなった。

7

詳しい事情はあとから聞くとして、士郎たちはひとまず三手に別れることにした。

一手は士郎たち同級生で、転んだアミールがいるという岡田ベーカリーの近くに。

一手は佐竹がエリザベスとポメ太を預かり、ハスキー探しに希望ヶ丘旧町方面へ。

一手は沢田が樹季、武蔵、七生を預かり、いったん帰宅だ。

これ以上、あちらこちらに移動することはないと思いたい。

だが、すでに家を出てきてから大分時間も経っている。

どんなに日差しを避けていたとしても、外気温が高い中では武蔵や七生は疲れるだろうし、緊張した場面も見せてきてしまった。

少し落ち着かせたいという気持ちもあっての判断だ。

「すみませんが、弟たちをよろしくお願いします」

「任せとけ！　な、樹季」

「うん！　家に着いたらお父さんに言って、必要になったら、車を出してもらうね！　あ、これ！　士郎くん。僕の救急セット、持って行って！」

「ありがとう、樹季。それじゃあ、武蔵と七生は、沢田さんと樹季の言うことをちゃんと聞いてね」

「はい！」

「あいちゃ!!」

そうして公園から三方に別れていく。

岡田ベーカリーは小学校近くにあり、第一公園からは一キロ程度だ。

子供たちの足でも、そうはかからない。

今日は午後からの集まりだったからか、次第に陽が落ち始めている。

「士郎くん！　今、岡田ベーカリーのおばさんからのメールが回ってきたよ。アミールくんは、おばさんが怪我の手当をしてるから、迎えに来るなら家に来てって！」

途中、スマートフォンに届いた連絡を、優音が知らせてくれた。

普段は「歩きスマホは禁止」を口すっぱく言う士郎も、緊急連絡には寛容だ。

「え!?　よかった！　それは安心だね。でも、どこからそんな話が回ったんだろう」

それにしても関係性がよくわからない。

士郎には、岡田から優音へのメールが、いったい誰を経由して届いたのか？

そもそもアミールは、そんなにベーカリーの目と鼻の先で転んだのだろうか？

「沢田さんが、途中でお店に電話してくれたみたい」

「そうなんだ！」

どうやら、帰宅途中の沢田が気を利かせたようだ。

場合によっては、樹季たちと話をするうちに、そんな発想になったのかもしれない。

他はどうかわからないが、岡田ベーカリーならネットで検索をかければ、ホームページや代表番号も出てくる。

「あ、メールだ」

――と、今度は大地のスマートフォンから着信音が響く。

「士郎。佐竹さんが、お友達にもメールを回したら、ものの数分で〝ハスキー捕獲隊〟が結成されたって！　なんか、充功さんが追いかけてるからって知らせたら、旧町に住んでる人や、近くにい合わせた人が、いっせいに向かってくれたみたい。相変わらず、すごい人気だよな、充功さんって！」

説明を聞くと、智也が力強く頷き、「さすが充功さん！」と歓喜している。

「なんか、すごいことになってきたな」

「うん。いつものことだけど、充功さんたち中学生の連絡網ってすごいよね！」

思いがけないところで、大勢の中学生が動き出したと知り、晴真や優音も声を弾ませた。

士郎は、この間も小走りで移動する子供たちについて行くので精一杯だ。

「そういえば、職業体験のときに、協力してくれたおじさんやおばさんとアドレス交換してたから、連絡網が拡大したのかも？」

思い出したように大地が言うも、士郎からすれば「いつの間に!?」だ。

とはいえ、充功がスマートフォンの中に巨大な地元連絡網を持っているのは確かだが、ハスキーを追いかけている今、応援要請を拡散しているのは佐竹や沢田といった身近にいる者達だろう。

士郎も幾度か助けてもらったことがあるが、こうして声がかかったときに、協力してくれる子達は、町内のみならず市内中にいる。

ただし、全体的にちょっと怖そうなお兄さんが多いのは、充功のキャラ作りのせいだろうが——。

「すげえ！　なんかもう、充功さんのメール一本で、この界隈の小中学生の家全部に伝令が回りそう」

「お兄さんたちとお父さんまで含めたら、市内の半分くらい回るかもね」

「それ！　言えてる!!」

（はぁっ。みんな、想像力が豊かだな。でも、あながち外れてないか……）

こうして晴真たちがワイワイ話をするうちに、岡田ベーカリーが見えてきた。

町内でも美味しいと評判のパン屋は、ログハウスタイプの店舗付住宅だ。

士郎たちは連絡が来ていたとおり、住宅側に訪ねて行く。

すると、怪我の手当をしてもらったアミールが、岡田と一緒に玄関前に立っている。

「アミールくん！」

「あ、士郎くん。みんな！　お迎え、ありがとうね」

普段なら店番をしている時間だろうに、岡田は笑顔で迎えてくれた。

聞けば、「どうせだから家の中で待ったら」と誘ったらしいが、さすがに初見の相手の家に上がることはできなかったようだ。

岡田家にも息子はいるが、樹季の同級生なので面識もない。

かといって、充功からは「お前はここにいろ」と言われ、呼ばれた士郎たちが来ることはわかっていたので、アミールも独断で帰れなかったようだ。

彼の手足には、いくつもの絆創膏が貼られている。

まるで、初めて樹季たちに手当をしてもらったときのようだ。

そう考えると、彼も生傷《なまきず》が絶えなくて気の毒だ。

「擦り傷や打ち身が目立つけど、捻挫《ねんざ》や骨折はなさそうよ。本人も歩けるって言ってるし、待っている間に、少しは痛みも引いてきたみたい」

「よかった。おばさん。本当にありがとうございました！」

「どういたしまして。気をつけて帰ってね」

「はい！」

士郎が、この場を代表してお礼を言うと、岡田は笑顔で見送り、その後は足早に店へ向かった。

ここからはアミールを五丁目の自宅まで送りながら、充功たちからハスキーに関する連絡を待つことになる。


士郎たちは、車通りの少ないスクールゾーンを選んで歩いていた。

まだ日暮れには早いが、西日が強くなってきた。

頭上には、充功達を追いかけたはずのカラスが、いつの間にか戻ってきて飛んでいる。

「大丈夫、アミールくん。歩ける？　本当に、お父さんに車で来てもらわなくて、よかった？」

確認のために声はかけたが、アミール自身は岡田が言うように、ゆっくりながらも自分で歩くことができていた。

とはいえ、あの暴走ハスキーに力負けして転んだとなれば、あちらこちら痛むだろう。

顔や頭部を打っていないだけ、まだよかったと思う。

「どうして……、そんなこと聞くんだよ」

周りに気遣われながら歩くアミールは、どこに顔を向けていいのかわからないようだった。ずっと俯き、足下を見つめながら、ぽつりと呟く。

「――え？　僕、何か変なこと聞いた？」

「どうしてそうやって、心配そうに聞くんだよ！　もう、俺のことなんか嫌いだろう。それなのに、わざわざ迎えにまで来て――。意味が分からない」

顔を覗き込むように聞き返した士郎に、アミールがやけくそ気味に答える。

確かに、喧嘩腰で公園を飛び出した先で、自分の犬に転ばされて逃げられた挙げ句――となったら、湧き起こる様々な感情のやり場もないだろう。

腹立たしいやら恥ずかしいやら、情けないやら――あとはもう本人にもわからないかもしれない。

士郎たちは当たり前のように心配して来たが、アミールからすれば意味不明な行動で。親切どころか、ただのお節介にすら思えないのかもしれない。

いっそ先ほどのように、いい子ぶりたいやら偽善だと思えたらスッキリするだろうに、今となっては、そうでないこともわかるから、余計に困惑するのだろう。

士郎は、そんなアミールの心境を想像しながら、フッと笑って見せる。

「嫌い……って。僕たちは誰一人、そんなことは君に言ってないよ？」

「!?」

「確かに、日本語のことでは、あれこれ言った。特に僕は、君に言いたくないことを言わせたし、そこは謝らなきゃって思っていた。ごめんね。ただ、許してもらえなかったら、嫌われても仕方がないのかなとも、思ってる」

特に目を合わせて、話すことはしなかった。

アミールの両脇には自分と晴真。その前には大地と智也が歩き、そして背後には飛鳥と優音と星夜が歩いている。

意見があれば、どこかでもその都度口にするだろうし、ここは士郎に任せたと思えば黙って聞きに回るメンバーだ。特別に気遣う必要はない。

「やっぱり意味がわからない。嘘をついたのも、怒らせたのも、全部原因は俺なのに。勝手に士郎たちを悪者にして。そのうち、陰で悪口を言い出すんだとか、決めつけていたのに——。どうして、そんな俺に謝ろうとか思うんだよ。士郎からしたら、俺に当たり前の説明を求めただけだろう」

ただ、アミールにとっては誰もが自分の歩幅に合わせて歩き、また話は士郎に任せて黙っていることが不思議なのだろう。普段は我先にと話しかけてきた姿も見てきたので、なおのことだ。

それでも、自分が悪かったという気持ちはあるらしい。

おそらく上手く言い表せないだけで、反省もしている。

ここは意地っ張りな性格が禍《わざわ》いしていそうだ。

士郎がフ～ッと深呼吸をする。

「そう思ってくれるなら、僕としては助かるけどね。でも、本当なら誰だって言いたくないでしょう。昔の嫌な思い出とか。それがあるから、今も人を疑ってしまうんだとか」

「――」

アミールは黙って聞いていた。

「もちろん、他人にされたことへの感じ方は、人それぞれだよ。打たれ強い子もいれば、弱い子もいるし、ここは誰かが計れるものではない。でも、十年しか生きていなくても、一度や二度は、みんな似たりよったりな経験をしてると、僕は思うんだ。だから、最初から自分を信じてくれなくても、それはそれで仕方がない。むしろ、それが当たり前のことなんじゃないかなって思うから」

すると、淡々と持論を展開する士郎に、今度はアミールのほうから顔を覗き込んだ。

「信じてくれなくて――当たり前？　友達だって言いながら？」

「え？　今はまだ、知り合いであって友達じゃないでしょう。君、今日まで一度でも僕のことを友達だと思った？　それで信じられないって言うなら、そもそも友達の線引きがおかしいよ。少なくとも僕は、自分を信じてくれていない子を友達枠には入れないよ。だって、友達なのに信じてもらえないって、傷つきたくないからね。ここは自衛《じえい》しなきゃ」

想像もしていなかった言われようだったのか、アミールは絶句していた。

士郎たちの前後では、子供たちが一斉に吹き出している。

飛鳥でさえも、「士郎くん、なんてこと！」と、突っ込みたがっていそうだ。

だが、言い得て妙だったのだろう、黙ったままだ。

「僕はね。ただ近所に住んでいるだけの子や、たまたま同じクラスになっただけの子達との関係を、全部引っくるめて友達って呼ぶのは、無理があると思ってる。もちろん、それだけで友達だって言う子はいるし、そう決めて仲良くさせようとする大人たちもいる。でも、一人一人友達を選ぶ基準なんて、違って当たり前でしょう。そういうのを、お互いに認め合えなかったら、信頼も何もないと思うしね」

士郎はその後も、特に感情を荒立てることもなく、「友達」に関する自身の理念を話した。

「だから、お互いに〝友達〟って言い合えるまでには、時間がかかってもいいと思う。知り合いから始まって、意外と気が合うな――とか。もっと一緒にいたいな――とか。そういう気持ちが出てきてから、ああ――友達なんだなって、思えばいいし。何も、友達って言葉の枠に無理矢理はめ込まなくても、仲のいい同級生でも、気の合う近所の子でも、十分上手くやっていけるでしょう」

話したからと言って、別に賛同してほしいわけでもなく、ただ自分の中にある友達という関係へのハードルや枠決めを紹介したに過ぎない。

しかし、これを淡々と聞かされているアミールの表情は、歪《ゆが》むばかりだ。

「だから、僕はアミールくんがどう思っていても、まだ怒らないし傷つかないよ。逆に、今の僕の言葉で、アミールくんが少しでも傷ついたって言うなら、それはもう——いつの間にか、僕が君の友達枠に入っていたんだろうから、改めてごめんって言うし。じゃあ、僕も今からそういう気持ちで付き合うねって、なるだけだから」

「——」

笑顔で話し続ける士郎に、返事もできない。

すると、これを聞いていた優音と飛鳥が、チラチラと目配せをした。

「アミールくん。パニックを起こしちゃったかな？」

「う〜ん。なかなか面と向かっては言わないし、言われないことだろうからね」

星夜も二人の会話を聞きながら頷いている。

そして、士郎たちの前を歩く智也と大地は、

「俺、今、きっとアミールと同じくらい心臓を抉《えぐ》られてる」

「実は俺もだ。気が合うな、智也」

「けど、俺は士郎を信じるって決めたんだ。信じている限り、必ずその気持ちに応えてくれるのが士郎だから——。やっぱり友達でいいんだよな？　大地」

「いいと思う！」

もはや、「兎田家でパンツをもらった同士よ！」と言わんばかりの共感ぶりだ。

しかし、当のアミールは考えた末に何か引っかかったのか、ハッと顔を上げる。

「いや、待てよ。おかしいだろう。だったらどうして〝Let's be friends 士郎塾〟なんだよ！　勉強会をしながら友達になろうってことじゃなかったのか!?　まさか〝なろう〟と〝なった〟は違うってことなのか!?」

今さらだが、勉強会に付けられていたタイトルのことを思い出したのだろう。

これで「うん。違うね」とでも言われたら、それこそ二の句が継げないだろうに、アミールは士郎に何を求めているのか――。

これを聞いた大地が振り向いた。

「あ、ごめん！　そのタイトルは〝友達になろうって英語でどう言うの？〟って、飛鳥に聞いて、俺が決めたんだ。士郎はただ、〝大地くんがそう考えるならいいよ〜〟って、採用してくれただけ」

「……」

もはや、彼のヒットポイントはゼロを超えてマイナスだ。

それがわかるのか、隣で晴真が笑いながら「こんなのよくあることだぞ！」と、肩を叩いている。

「士郎くんらしいね」

「これは誰もが、一度は通る道だよね。きっと」

優音にしても、星夜にしても、士郎と親しくなったのは今年からだ。

むしろ、晴真以外は、この場の全員が今年になってから、いろんな理由やきっかけがあって、士郎や兎田家との行き来が増えたにすぎない。

それだけに、士郎の価値観や物事の基準は承知しているが、気持ちはアミール寄りかもしれない。

ここからどうしたら上手くいくのだろうと思うと、自然に首を傾げてしまう。

すると、ここで晴真が、改めて声を上げた。

「――ってかさ。ここでショック受けてるってことは、やっぱりアミールも士郎や俺たちと友達になるつもりで、勉強会に参加してたってことだろう。だったら、それでもういいじゃん！　今からみんな友達！　ってか、俺はサッカーに誘って、来てもらったときから、そのつもりだったしさ！」

「!?」

相変わらず晴真らしい意見だが、アミールはとても驚いていた。

その頬はうっすらと赤らんでおり、それが西日だけのせいでないことは、士郎たちにも伝わってくる。

「あ、ただし。士郎の大親友は俺で、こいつらは最近親友に立候補してるから。アミールは、まずは友達から頑張れよ！　そこだけ、覚えといて」

「……っ」

「今日から友達」がいつもどおりなら、「でも士郎の大親友は俺だけだから」という釘刺しも、いつも通りだ。

この辺りは、言葉がわかるわからないに関係なく、アミールには理解が難しい晴真の友達ルールだ。

これを聞いた大地が、大げさにぼやく。

「結局、晴真に序列を付けられて終わるんだよな」

「でも、士郎くんには、宣言したもん勝ちって教えてくれたのも晴真くんだからね」

笑ってそう返している優音は、どちらかというと、こういう晴真と士郎の関係が好きで、その仲間として自分がいることに幸せを感じている。

確かに士郎と晴真は、幼稚園の頃からの幼馴染みで親友だ。

かといって、どちらも他の子供に「自分の親友だから仲良くするな」なんて言わないし、士郎にいたっては、誰を相手にしても分け隔《へだ》てなく親切にしてくれる。

むしろ、そういう士郎なので、どうしたら友達になれるのか悩む子供もいるほどで、〝そんなの宣言したらいいだけだよ！　さすがに士郎だって、言われなかったらわからないことがあるんだから！〟と晴真が身を持って教えてくれたくらいだ。

「そう！　士郎には宣言したもん勝ち。俺、友達な！　って。そうしたら、すぐに友達になってくれるよ」

晴真が今一度、アミールに向かって、友達になる秘訣《ひけつ》を話す。

「うん。ただし、下手なことしたら、全部なかったことにされるけどな！」

「でも、その下手なことは、よっぽどのことだし。士郎はいつも、めちゃくちゃ広い心で受け止めてくれる。だから、アミールも心配しないでいいよ。もちろん、それを見習ってる俺たちのこともな！」

「……っ」

智也や大地が補足するが、アミールは口ごもるばかり。

士郎からすれば、(どさくさに紛《まぎ》れて、言われ放題だな）の一言に尽きる。

しかも、ここまでワイワイされたら、逆にアミールだって「じゃあ――」とは、言い出しにくいだろう。

「それにしても、充功たちから連絡が来ないね」

士郎は、そうしたアミールの心境も察して、いったん話題をハスキーに移した。

この場で「友達」という言葉を使わなくても、彼とは上手くやっていける。

いずれ、お互いの存在や考え方を認め合える、友達になれる日が来るだろうと思ったからだ。

「うん。このあたりは飼い犬も野犬も多いから、役所の対応はいろんな意味でしっかりしているけど。土地柄、田んぼや畑、野山や川も多いから、どこでハスキーが行方不明になるかわからないもんな」

「車道に出ても怖いしな。本当、早く捕まえてもらえるといいな」

ハスキーの行方に関しては、早急に解決したい話だ。

大地と智也が士郎に答えながら、ズボンのポケットからスマートフォンを取り出す。

話に夢中になっていて、実は着信に気付かなかったのでは？　と、考えたからだ。

「でも、士郎くん。リードを付けたまま逃げたんなら、行きずりの人でも、まだ捕まえやすいよね？」

「うん。それに、明らかに散歩中の脱走犬だってわかるしね」

同じ飼い主仲間として、優音も心配している。

士郎も、少しでもアミールが安心できるように言葉を選ぶ。

「ごめん」

すると、急にアミールが頭を下げてきた。

「――ん？」

「ごめん。ごめんなさい！　お願いだからハスキーを見つけて！　ハスキーを助けて‼」

二つ折りにした彼の上体が、わずかに震えていた。

今まで迷子になったときの危険性は、考えていなかったのだろう。

車道だけでも心配なのに――。

「こんなことなら、どんな転び方をしても、リードだけは放さなければよかった。どうして感情にまかせて、公園から走ったんだろう。俺が走れば、喜んで走ることは知っていたのに――。しかも、ハスキーが本気で走り出したら、俺じゃ追いかけきれない。足の速さも体力も、全然敵わないことは、わかっていたはずなのに――」

今更だが、強い不安と後悔が湧き起こってきたのだろう。

自分がこうしなければ、ああしなければ、こんなことにはならなかった。

原因はどうあれ、そんな気持ちになった経験なら、誰にでもあるだろう。

「大丈夫だよ！　絶対に見つかるって」

「そうだよ。俺、今からでも探すからさ！」

晴真と大地が声を上げた。

続けて飛鳥や優音、星夜が声を上げる。

「――待って！　戻ってきた！」

「佐竹さんたちがハスキーを連れてきた!!」

「やった！」

見れば、佐竹と沢田が自転車に乗り、ハスキーとエリザベスを走らせながらこちらへやってきた。

ポメ太は自転車カゴにちょこんと入っている。

「ハスキー‼」

「よかった！　よかったね、アミール」

「よっしゃ！」

悔恨《かいこん》から今にも泣き出しそうだったアミールの目から涙がこぼれる。

これは安堵の涙だ。優音たちも心からホッとする。

士郎も同じ気持ちだ。

ただ、この場に充功の姿が無かったことに、士郎は嫌な予感がした。

そしてそれは少なからず当たることになるのだが、事実を知るのはいったん帰宅してからになるのだった。

＊＊＊

士郎が充功と、今日あったことを互いに話し合ったのは、夕飯後のことだった。

やはり、樹季や武蔵、七生は疲れていたようで、食事が終わると歯を磨いて、すぐに寝てしまった。

ダイニングでは、その後に帰宅した寧が遅れて夕飯を食べ、颯太郎や双葉、充功や士郎は、そんな寧を囲むようにして、コーヒータイムを楽しんでいる。

「——え!? ハスキーの捕獲に驚いて、転んだお爺さんを送ってきたの？ それで、一人で帰ってきたんだ」

そうして、ようやくハスキー逃亡から捕獲までの全容を聞くことができた。

どうもハスキーは、あとから充功が追いかけたことで、余計に張り切って走り出したようにも見えた。

ここのところ、ずっとグラウンドで充功や佐竹達が一緒に走っていたので、勘違いしたのもありそうだ——というのが、充功の印象だ。

とはいえ、そのためにアミールを転倒させてしまうことになり、申し訳なかった——と、帰宅後には電話を入れて謝罪をしていた。

しかも、それだけで終わらなかったのは、ハスキーの大捕物《おおとりもの》をしたときだ。

「ああ。いや、参ったよ。ハスキーが飛びかかったとか、そういうんじゃないのが救いだった。けど、間が悪かったとはいえ、確かにハスキー目がけて、俺を含めた中学生男子五人に、エリザベスとポメ太が一斉に四方から捕獲に飛び出したら、そりゃお爺さんも視界に入っただけでも驚くよな」

なんでも旧町のほうにある一九四階段近くまで走って行ってしまったハスキーを、充功は佐竹や沢田、また近くに居た同級生と連携を組んで、四方から取り囲むことに成功した。

その中にはエリザベスやポメ太も加わり、さすがに観念したのか、ハスキーもそこで取り押さえられた。

しかし、その結果が――これだ。

「ってことは、ハスキーと一緒に囲んじゃったとか、そういうことではなかったのか」

誰もが言われた状況を想像する中、双葉がホッとしたように溜め息をつく。

「うん。完全に通りすがりだ。ただ、俺たちも暗くなる前に何が何でもって気持ちがあって、〝いけーっ〟〝おーっ!〟って状態だったから。そんなのに、買い物帰りに遭遇したら――なあ。腰を抜かされなかっただけでも、よかったよ」

「――確かにね。それで、そのお爺さんに怪我は?」

寧も早々に食事を終えると、空いた食器を手に立ち上がる。

そのままキッチンでささっと洗って片付け、サーバーに残っていたコーヒーをカップに注ぐと、席へ戻ってくる。

この間も、充功の話は続いていた。

「それが、微妙なんだよ。本人は〝年だし、元からヨロヨロしてた。気にするな。付いてこなくていい〟って言うんだけど。ちょっと、右足を引きずっていた気がしてさ。それで、半ば強引に買い物袋を奪いとって、家まで付いていったんだ。けど、結局〝家族に変な心配はさせたくないから〟って言われて、途中で追い返されて。まあ、一応最後に〝荷物、ありがとうな〟とは言ってくれたから、ツンデレな爺さんだったのかもだけど」

「そう。でも、その足は心配だよね。それこそ、お年寄りなだけに――」

これを聞くと、颯太郎はスマートフォンを取り出し、画面にこの辺りの地図を出した。

充功がそのお爺さんと別れた場所がわかれば、見当が付けられると思ったのだろう。

「それで、途中で離れたってことは、どこのお爺さんか、わからないの？」

「いや。どうしようかと思ったんだけど、気になるから、あとを付けたよ。けど、俺は初めて行く家だった。旧町三丁目で、田中《たなか》の表札がでてたけど、多分うちでは誰も知り合いがいないと思う。なんか、ただいま――お帰り――って声だけ聞くと、老夫婦だけの世帯っぽかったし」

充功はちゃっかり、相手の家まで追いかけていた。

しかも、番地に苗字まで。これには、颯太郎がクスっと笑う。

そして、地図をしまうと、代わりにアドレス帳を開いた。

「そうか――。にしても、また田中さんなんだ」

「続くね～。関東は鈴木さんのほうが多いはずなんだけど。この辺は、佐藤さんとか田中さんのほうが多いのかな？」

寧と双葉は声に出したが、士郎も内心では同じことを考えていた。

転ぶきっかけを作ったのが田中家のハスキーで、転んでしまったのがこれまた田中さんだ。覚えやすいが、ややこしいな――と。

「いや、鈴木さんや高橋さんもけっこういるよ。あと、旧町三丁目の田中さんなら、前にアドレス交換をしたよ。ほら、老人会の田中さんでしょう」

すると、これを聞いていた颯太郎が、ダイニングテーブルの中央に、スマートフォンのアドレス帳を見せてきた。

「あ！　それかも！」

アミールのときに、まったく同じ画面を見ていた充功が声を上げる。

「さすがは、お父さん。もう、町内名簿をそのまま登録してるって言われても、まったく疑わないよ」

本当なら、声を上げて笑っていいところだが、士郎はただただ感心してしまう。

寧や双葉も、ここは士郎と同感だ。

「たまたまだよ。ここの田中さんは、奥さんが以前町内の婦人会に入っていたから、お隣のおばあちゃんと仲がいいんだ。ただ、昔の事故の後遺症だったかな？　父さんがおばあちゃんから紹介されたときには、車椅子に乗っていてね。そのうちに、旦那さんも年だし、そろそろ送り迎えも大変だろうから、今後はデイサービスに通うことにした――なんて話をしていたかな」

颯太郎が、自分の知る限り、また思い出せる限りを教えてくれるが、これには士郎もビックリだ。

「わぁ〜、お隣のおばあちゃんのお友達だったのか」

「町内とはいえ、世間って狭いな」

寧や双葉も、声に出して驚いている。

だが、ここで士郎はハッとする。

「けど、それなら明日にでも、そのお爺さんの様子を見に行けるよ。おばあちゃんにも手伝ってもらうことにはなるけどさ」

「おばあちゃんに？」

「うん。散歩中にエリザベスに驚いて、お爺ちゃんが転んだのが気になって。でも、向こうのお婆ちゃんには知られたくないみたいだから、そこは内緒で確認したい。そうお願いをしたら、きっと田中さんに連絡を取って、顔を出しに行けるようにしてくれると思うんだ。まあ、実際にエリザベスがその場にいたって聞いたら、自分がお詫びしなきゃ――ってなっちゃうかもだけど。でも、エリザベスはまったく悪くないから、そこは上手く説明して――」

せっかく知り合いだとわかったのなら、話を通すに限る。

万が一、あとで「その場にエリザベスがいたのに、何も言ってこないのか」などと、お爺さんが言い出してからでは、おばあちゃん同士も嫌な思いをしかねない。

それなら今のうちに現場にいた者、またその関係者が事情を把握しておくほうがいいだろう——と考えたのだ。

「なるほどね」

「うん。そうだね。誰が見ていたかわからないことだし」

「だよな。後々《のちのち》話が拗れて伝わる可能性まで考えたら、きちんとお隣にも事情を説明しておいたほうが、間違いない」

そうして充功が納得し、寧や双葉が士郎の考えに賛同したところで、颯太郎が隣に電話をかけた。

すでに八時は回っていたが、こうした話は早いほうがいいだろうとの判断で、隣家にも今日のことが報告されるのだった。

8

翌日、士郎と充功はエリザベスの散歩を終えて戻しに行ったところで、おばあちゃんに田中さんへ連絡をとってもらった。

かといって、お爺さんが充功に言った「家族に心配をかけたくない」という思いは守りたい。

そこは前もって説明していたので、お爺さんが転倒したことは伏せた上で、まずはお詫びにだけでも伺いたい。

兎田家共々行かせてほしいことをお願いしてもらった。

「――そうなのよ。聞いてみたら、エリザベスが驚かせてしまったのが、志乃《しの》さんのご主人みたいで。それでお詫びがてら、会いに行けたら――って。え？　もちろん、口実よ！　たまには一緒にお茶でも飲みたいわ～って、思ってね。だってほら、私も最近は足腰が弱くなってきて、前ほど遠くまでは歩けなくて――。え？　鈴木さんもなの!?」

だが、電話の内容は、ものの数分も経たないうちに変わっていった。

「ん？　鈴木？」

「え？　どこの鈴木さん!?」

士郎と充功が顔を見合うと、エリザベスの足を拭き終えたおじいちゃんが、麦茶などを載せたおぼんを持って、二人に声をかける。

「すまんのぉ。あれが始まると、すぐには終わらんぞ。今の時代、長電話も珍しいじゃろうが、ばばたちは長電話世代じゃからのぉ〜。ま、これでも食うて、待っとってくれ」

二人はおじいちゃんにひそひそ話をされつつ、客間に呼ばれて、麦茶とお菓子袋をもらった。

いつもなら弟たちに——と、家へ持って帰る二人だが、渡されたのはカルシウムたっぷりの乾燥小魚とピーナッツ。これならいいか——と、いただくことにして、ポリポリ食べながら待つことにした。

そうは言っても、五分、十分程度だろうと高をくくっていたのは、家族に長電話する者がいないから。

メールであっても、士郎がたまに長文を打つだけで、充功は要点のみの数行で済ませるタイプだからだ。

そうして気がつけば、特に会話もないまま、口に運び続けてしまった乾燥小魚で満腹になり、三十分が経っている。

「——本当!?　ありがとう！　そうしたら、これから行かせていただくわ。あ、散歩に連れて行ってくれた、お隣の充功ちゃんやそのお父さんも気にしているから一緒にいい？——そう！　いつも話しているキラキラ大家族さんよ。ほら、以前婦人会に顔を出してくれた兎田さん、覚えてる？　そのお子さんで——。え!?　会いたい？　ちびっ子ちゃん達も？　うんうん、わかるわ〜。そりゃそうよね。このさい、お父さんから子供たちまでセットで会ってみたいって思っても、そこは普通よ〜。ええ、聞いてみるわ。夏休みだし、大丈夫だと思うわよ。それじゃあ、またあとでね〜」

結局、お詫びというよりは、家族揃って遊びに行くことになっている!?

だが、一番の目的はお爺さんの怪我の様子見だ。

家に上げてもらえるのはラッキーと思うことにし、士郎と充功はひとまず帰って、颯太郎に報告をしがてら出かける用意をする。

「本当！　僕たちも行っていいの！」

「やった！　三丁目へお出かけだぞ、七生」

「ひゃ〜っ。やっちゃ!!」

当然、留守番だと思い込んでいた樹季たちは、大喜びだ。

ちびっ子達にとっては、どこへ行くかが問題ではない。兄や父と出かけられれば、それがもう家族のお出かけなのだから。

「いっちゃん！　おばあちゃんも一緒に行くから、甘いお菓子をお土産に持って行こう」

「それいいね！　三丁目の田中さん家は、お爺ちゃんとお婆ちゃんがいるって聞いたから、お饅頭《まんじゆう》がいいかな？　ほら、昨夜お向かいの柚希《ゆずき》ちゃんママが、お土産よ～、お友達の分もあるからね～って、持ってきてくれたのが二箱あるからね」

「うんまよ～っ！　あいっ！」

気持ち程度だが、午前中のうちに手土産は買ってある。

しかし、樹季や武蔵、七生がまだ手つかずの温泉饅頭十五個入りを箱ごと持ってきたので、颯太郎は笑いを堪えながら了承した。

樹季が言っていたように、お向かいに住む園児・柚希ちゃんのママは子供たちへのお菓子配りを前提にして、余分にくれていた。

仲のいいお隣のおばあちゃんや、そのお友達ご夫婦と分け合う分には、喜んでくれるとわかっていたからだ。


「それじゃあ出発！」

「しんこー」

「ごーごー」

そうして準備を終えると士郎たちは、総勢七名でワゴン車に乗り込み、三丁目の田中家へ向かった。

平日なので、寧は仕事、双葉はバイトで留守だが、それでも充功から七生まで揃って、なおかつ颯太郎の運転付きだ。

おばあちゃんもいつも以上にはしゃいでいる。

「こんにちは！」

インターホン越しに話す声も弾んでいた。

〝いらっしゃ～い。待ってたのよ～。車は駐車場の空いたところに。表の玄関は開いているから、そのまま入ってね〟

「はーい。ありがとう」

そうして一行が到着した田中家は、希望ヶ丘旧町の中でも一九八〇年代にデベロッパーで増えた一帯で、一世帯の敷地が最低でも兎田家や隣家の倍はある。当時流行《はや》っていたのだろうアーリー・アメリカンスタイルと呼ばれる洋風の家が並ぶうちの一軒だ。

それ以前までは、和室だけの平屋や二階建てが多かった分、当時は随分モダンに見えたことだろう。今でこそ、世代交代や老朽化で最新デザインの家に建て替えているところも多いが、田中家は塗装し直したり修繕などで当時のままの外観を保っている。

ここは駐車場と庭が道路側に面しているタイプ。

庭側の白い目隠しフェンスには、アーチ型のドアが付いており、これを開くと石畳のアプローチを辿って玄関へ着く。

一歩敷地内へ入ると、庭に植えられた四季折々の木花が出迎え、今はヒマワリが満開だ。

特別広くはないにしても、手入れの行き届いたイングリッシュガーデンさながらで、士郎は溜め息が漏れそうになる。

「この家、中はこんなふうだったんだな」

「すごく手入れされたお庭だね。同じ旧町の三丁目でも、この一角は来たことがないから、全然知らなかったよ」

「俺は――、通り過ぎるくらいはしてたけど、いつも自転車だしな。フェンスのせいもあるが、そこまで高くないのに……。意識して見ないと、気がつかないもんだな」

「まあ、そうだよね。他人様のお家だし、普通はジロジロ見ないもんね。それに、他の家のフェンスと違って、丸ごと外に向けて見せるような仕様ではないし」

一度は表札を確認している充功も気付いていなかったようで、辺りを見回しながら感心していた。

しかも、士郎たちがこうなのだから、樹季たちの感動からのテンションは爆上がりだ。

「わ～。いっちゃん。綺麗なお庭だね。ヒマワリがいっぱい！　大きいのや小さいのがいろいろ咲いてるよ」

「うん。それに玄関の横にウッドデッキ？　藤《ふじ》の木がお屋根みたいになっているのが、公園みたいだし、ご飯が食べられるテーブルセットまである。スロープまで付いていて――、すごいね」

「水色のお家に白い手すりも可愛いよ。柚希ちゃんが持ってるお人形さんの家みたい」

「ひゃ～っ。きれきれよ～っ」

初めて見るスタイルの家や庭の造りに、もはや視点が定まらない状態だ。

「いらっしゃい、花《はな》さん。兎田さんも待っていたのよ」

「志乃さん！　お久しぶりね」

「――こんにちは」

それでも歓迎の言葉と共に玄関扉が開かれると、士郎は一瞬で気持ちが引き締まった。

地面から玄関前のスペースまでは、三段程度の階段だが、ゆるいスロープが作られている。

彼女が車椅子生活を送っているからだろう。

（あ、だから、程よい高さの隠しフェンスなのか。車椅子で庭に出ても、人目が気にならない。何より、こちらからも人通りを気にしなくて済む）

田中のお婆さん――志乃は、お隣のおばあちゃん・花《はな》と同じくらいか、少し若そうな印象の女性だった。

シンプルなブルーグレーのワンピースがよく似合い、髪はショートカットだが天然パーマなのか、綺麗にウェーブがかかっている。

白髪はあえて染めずにいるのだろう、陽を弾くとプラチナブロンドを思わせた。

士郎から見ても、おっとりしていて、永遠の乙女のようなおばあちゃんとは、また違うタイプの女性だ。

また、普段からきっちり化粧もしているのだろう、現役の女優さんだと言われても納得できる出で立ちで——。

だが、それだけに慣れた手つきで車椅子を操る姿が、士郎だけでなく充功をも緊張させる。

「ま〜っ！　本当にみんなお父さんにそっくり！　話だけはいつも耳にしていたけど、こんなによく似たご家族、生まれて初めて見るわ。カッコいいし、利発そうだし、何よりなんて可愛い！　さ、遠慮しないで入って。藤治郎《とうじろう》さんも張り切って、お茶の準備をしてくれているのよ。今はちょっと、近所のコンビニまで買い物に出ているけどね」

「——まあ、そうなのね。どうりでお出迎えが志乃さんなわけね。いつもならすかさずご主人が出てくるから、実はちょっと心配だったのよ。昨日のことで、お怪我でもされていたら、どうしましょうって」

「それはないから安心して。さ、立ち話はここまでよ」

ただ、ここまでの話からすると、お爺さんの足は大丈夫そうだ。

士郎が充功や颯太郎に視線を向けると、小さく頷く。

やはり、ここへ来るに至った一番の気がかりだったので、無事だとわかり安堵する。

「――兎田さん。お言葉に甘えましょう」

「はい。では、失礼して。みんな、お邪魔しよう」

案内されるまま、おばあちゃん、子供たち、颯太郎が順に中へ入る。

「「はい。おじゃまします」」

「なっちゃもよ〜」

「お邪魔しま――!?」

「失礼しま……す」

一歩中へ入ると、室内は吹き抜けの窓から差し込む日差しに照らされている。玄関側を前部としたダイニングとリビングが吹き抜けで、後部にキッチンと一室、水回り、その上に二階がある造りだ。

また玄関には、土間として石タイルが敷かれた二畳ほどのスペースがあり、シューズボックスに履き替え用のスリッパなどが脇に並べられている。

壁が取り払われた広いＬＤＫは、向かって左側にアイランドキッチンとダイニング、右側がテラスに出られる仕様となっており、すべてが段差のないバリアフリーだ。

車椅子でも自由に移動ができるようになっていた。

そして、リビングにある階段の向こうには、アコーディオンドアで仕切られた一室が見えていたが、この状況から察するに志乃の寝室だろう。

そうなると、バストイレなどの水回りは寝室の向かい側でキッチンの裏だ。

一階だけで生活ができるようになっているが、この辺りが建て売りだったことを考えると、志乃の生活に合わせてリフォームされたのだろう。

それにしても、一面大理石の床だ。

「——同じ町内の家とは思えないな。外国に来たみたいだ」

充功が溜め息交じりに呟いた。

家主の趣味もあるだろうが、カーテン一枚、テラス窓一つ、椅子一脚を見ても、こだわりが見える。

しかも、どこを見ても必要最低限の家具しか置いていない。収納が作り付けなのは、やはり車椅子での移動を重視したからだろう。

その分、水色の壁にはタペストリー、テーブルや棚には庭から摘んできただろうハーブやヒマワリなどが飾られている。

これだけ綺麗に整った部屋なのに、生活感や家主の温かみが損なわれていないのは、これらのおかげだ。

「白とブルーを基調とした北欧風とアメリカンカントリー風が程よく混ざった感じだね。まるで洋画の中に入り込んだみたいだ」

颯太郎の目が〝当たり前だが、うちとは違いすぎる〟と言っていた。

士郎も黙って頷き、あれだけはしゃいでいた樹季や武蔵、七生も靴からスリッパになった途端に、借りてきた猫状態だ。

お洒落すぎる空間に圧倒されているのか、間違っても粗相《そそう》はできないと本能的に察しているのか、樹季と武蔵など、いつの間にか両脇から七生の手をしっかり握りしめている。

何があっても、絶対に走り出したりさせないぞ！　という、危機管理能力の高さが垣間見える。

アミールとハスキーにも見習わせたいほどだ。

「壁のタペストリーやソファカバー、テーブルクロスなんかも素敵でしょう。全部志乃さんの作品よ。彼女はパッチワークの先生なの。以前は婦人会でも、時々講師をしてくださっていたのよ」

「今はもう、趣味で縫うだけですけどね」

こうなると、幾度か遊びに来ているだろうおばあちゃんが、一番落ち着いている上に、この家にも馴染んで見えた。タイプは違えど、おばあちゃんの乙女チックな内面が、この空間に合っているのかもしれない。

士郎は二人の話を聞いて、改めてパッチワーク作品を眺める。

特に壁に飾られた〝藤〟をモチーフにした大作には、圧倒されるものがあり、他の小物やテーブルクロスとは、色使いなど何から何まで違う。

だが、ここのお爺さんの名前が〝藤治郎〟だとするなら、ちょっと照れくさいが、気合いの入り方が格別なのは頷けた。

表のテラスの藤の木もそうだが、夫婦が相思相愛なのが窺える。

（――うん。なんか、いろいろ想定外だけど、素敵なところには間違いない）

とはいえ、ハスキーの捕物に驚いたお爺さんがどうのというきっかけは、一気に吹き飛んだ。

そう思った矢先に、キッチン奥の勝手口から、男性が現れる。

「あ、藤治郎さん。花さんたちがお見えになったわよ」

「――ああ。いらっしゃい。どうぞこちらに座ってください」

リビングソファを勧めてくれたのは、中肉中背の堅実そうな顔つきをした田中のお爺さん――藤治郎だった。

白いシャツに濃紺のスラックスというラフな装いだが、これが実年齢より若く見せる。

士郎は、お隣のおじいちゃんより、大分若そうな印象を受けた。

（え!?）

ただ、一瞬にして士郎の目を釘付けにしたのは、彼の荷物を持たない手に抱かれていた猫──茶トラだ。

「みゃん！」

「やっぱり!?」

茶トラは目が合うと同時に、藤治郎の腕から飛び降り、士郎のところへ駆け寄ってくる。

「あ！　にゃんにゃん!!」

「いっちゃん！」

「だめだよ、七生。あとでね!!」

案の定、七生が飛び出しかけたが、そこは樹季と武蔵が手を握って押さえる。

茶トラは両手を出した士郎のところへ、飛びつくように抱っこされた。

士郎から七生に見せてやるまでは、ジッと我慢だ。武蔵と樹季の結束は強い。

「あら、うちのミーちゃんと知り合い？　この子、どこにでも遊びに行っちゃうから」

「はい。うちは新町一丁目なんですが……。家でも、公園でも、よく会います。人懐こいので、飼い猫だろうとは思っていたんですけど」

野良にしては綺麗だし、毛並みもいい。首輪が少し古いのだけが気になっていたが、やはり飼い猫だった。

この分だと、本人が活発すぎて、首輪の傷みが早いだけなのかもしれない。

それにしても、思いがけないところで、飼い主と住処《すみか》がわかった。

士郎は、これで、持っていた気がかりが一つ解消された。

「まあ。どうりで、毎日出かけてしまうはずね。兎田さんたちみたいな、お友達がたくさんいたら、家の中で大人しくなんてできないものね」

「おばあちゃん家のエリザベスとも仲がいいんですよ」

「そう」

こうなると、志乃と子供たちが打ち解けるのは早い。

その一方で、藤治郎は充功の顔を見るなり、「あ！」と声を漏らしている。

「こんにちは。昨日はすみませんでした」

充功としては、物陰でこっそり右足の様子を見るつもりだったが、ここまで見渡しのよい家だと、そういうわけにもいかない。

だが、帰宅時の姿を見る限り、士郎も彼の右足に引きずりは感じなかった。

充功が気になると言っていたのは、転んだ直後の、一時的なものだったのだろう。

「いや。こちらこそ。勝手にビックリして、足を取られてしまって。お恥ずかしい」

「本当よ。そんな理由があるなら、話してくれたらいいのに。藤治郎さんったら、少し服が汚れていたから、気になって聞いても、蹟《つまず》いたって言うだけで。この年なんだから、何もなく蹟くほうが、逆に心配でしょう。だから、今日も本当はデイサービスだったのに、お休みしたのよ」

しかも藤治郎は、転んだことまですべて志乃に見抜かれており、誤魔化したことで、かえって心配をさせたようだ。

面目ないと言わんばかりに、充功にぺこりと頭を下げてから、キッチンへ入っていく。

そして、買ってきたものをアイランドキッチンの上へ並べていくと、それは三種類ものジュースだった。

花や颯太郎と一緒に、幼い子供たちが来ると聞いて、わざわざ買いに行ってくれたのだろう。まるで樹季たちが、おばあちゃんたちにお土産をと、準備していた姿に被るものがある。

士郎はいっそう嬉しくなった。心配していた足の怪我もなく、穏やかで優しい老夫婦と知り合えた上に、茶トラの住処までわかったからだ。

「まあ！　それで、都合がついたのね」

「そうなの。でも、こうして花さんや兎田さんたちに来てもらえたから、藤治郎さんの誤魔化しには感謝しないとね」

「もう。それはいいだろう。とにかく座ってもらいなさい」

いつまでも話を続ける志乃とおばあちゃんに、藤治郎が声をかける。

アイランドキッチンでは、お茶やお菓子、ジュースが用意されて、リビングへ運ばれていく。

ソファやテーブルも、すべて車椅子の高さに合わせて揃えられているので、誰も気を遣うことがない。

士郎も茶トラを抱えたまま座らせてもらうが、感心する。

「そうだ。ぼんやりしてしまって、すみません。これ、少しですが――」

颯太郎がハッとしたように、手荷物からお土産を出して、藤治郎へ渡した。

颯太郎にしては、珍しいことだが、それほど家の内装に気をとられてしまったのだろう。

これを見た武蔵や樹季も、顔を見合わせる。

そして、樹季が背負ってきたリュックの中から、温泉饅頭の箱を取り出す。

「僕たちからも！　はい。お爺ちゃんとお婆ちゃんは甘いもの好き？　エリザベスのおばあちゃんは大好きだから、一緒に食べてね」

代表して樹季が渡すと、ここから先はおばあちゃんたちが「まあまあ」「まあまあ」の応酬だ。

特に志乃は、感激したようで、「それならみんなで一緒に食べましょうね」と、嬉しそうに包みを解き始める。

藤治郎も颯太郎からもらった包みを解くと、出てきた焼き菓子を「では、これも一緒に」と笑いながら、テーブル上へ出した。

目の前に並ぶたくさんのお菓子とジュースに、樹季と武蔵、七生の目も爛々だ。

ここからはしばらく世間話に花が咲くことになるが、共通の話となると、やはり昨日の大捕物。なぜハスキーを追いかけていたのか、四方から取り囲むようなことになったのかなど、充功が説明しながら、場を盛り上げることになった。

「まあ、そんなことが。それは誰でも驚くわね。藤治郎さんがひっくり返っても、無理ないわ」

――ピンポーン。

すると、話の途中でインターホンが鳴る。

「きっと介護の方よ。同じ田中さんっていうんだけど、とても親切な方なの。あとで、今日やったプリントを持ってきてくれるって言っていたから」

志乃がそう説明する間にも、藤治郎が立って扉へ向かう。

（また、田中さん⁉）

士郎は思わず充功と顔を見合わせ、颯太郎は吹き出すのを堪えている。

「――はい」

「こんにちは。プリントを届けに来たんですけど、それとは別にこの子とお詫びしたいことがあって」

「――すみません。昨日は、俺の犬が」

訊ねてきたのは、アミールを同行した六十代前後の女性——田中だった。

プリントと言うなら、彼女が施設の職員なのだろうか？

手には、颯太郎が持ってきた菓子折りと同じ店の袋を持っている。

「アミールくん！」

「え？　士郎！　充功さんたちも……」

「兎田さん」

とはいえ、これには士郎だけでなく、みんなが顔を見合わせて驚いた。

驚かなかったのは、ようやく抱っこできた茶トラと一緒に遊んでいた、七生一人だけだった。

＊＊＊

アミール自身の容姿が、どう見てもアラブ系の父親の血が濃く出ているため、母方の祖母といっても、似ている印象はほとんどなかった。

また、田中自身も、わりとぽっちゃりしたシルエットの持ち主で、ある意味安心感さえ覚える、どこにでもいそうなおばちゃんタイプなのもある。

ただ、連れ立つ姿や態度を見る限り、祖母と孫——戸籍上の母子としての関係は良好そうで、士郎はかなりホッとした。

今現在、外に信じられる者や味方がいると思えなくても、家の中に安全と安心がある
——帰れる居場所があるなら、少しずつでも不審は小さくなる。

そう、期待できたからだ。

また、志乃を通して改めて紹介された彼女は、介護ヘルパーとしても現場に立っているが、実際は元看護師で、現在はケアマネージャーの資格も持って介護付きマンションの運営にも携わるキャリアウーマンだった。

聞けば、夫の田中氏は介護付きマンション一棟のオーナーであり、そのマンション内で開業している内科クリニックの院長でもある。

これを知り、士郎は三年前くらいに目にした新築マンションの広告や、最近でもお祭りの際に目にした高額奉納札を思い浮かべた。

特に施設名で名前が挙がっていたわけではなく、普通に姓名だけだったので、どこかの田中さんという認識しかなかったが、なるほど——と思う。

(——そうか。駅向こうの大学近くにある介護付きのマンション！　あそこのオーナーご夫婦が、アミールの祖父母さんなんだ。それも医者と看護師のご夫婦で、今は介護付きマンションの経営運営者って。そりゃ、町内会の役員仕事に合わせて、休みをとるなんて無理だよね。お父さんも〝五丁目の田中さん〟でアドレス登録をしていたってことは、そこ

まで知らなかったんだろうけど）

「――さ、とにかく一度座って、落ち着いて話をしましょう」

士郎があれこれ考えるうちに、志乃の声かけにより、改めて着席することになった。

ゆったりとした三人掛けのリビングソファと、向かい合うシングルチェア三脚に、志乃以外の十人がうまく着席して、テーブルを囲む。

シングルチェア三脚には、藤治郎と田中と七生を膝に乗せた颯太郎が。

三人掛けのソファには、武蔵を膝に乗せた充功に士郎、樹季、アミールが。

また、志乃は藤治郎を右手に、充功を左手に置く形で車椅子をテーブルに寄せた。

そして――。

「申し訳ない！　まさか、こんなに大ごとになるなんて。本当に、ただビックリして、よろけただけなのに……」

話し始めた早々、藤治郎は双方から被害者として扱われ、謝罪を受ければ受けるほど、肩身を狭そうにして頭を下げることになった。

確かに、彼の立場になって考えれば、自分だって恐縮するだろう。

だが、その一方で、士郎は藤治郎が今更驚いて転んだことが恥ずかしくて仕方がないという顔をするような人で、心からよかったと思う。

相手が違えば、今頃すごい言いがかりを付けられていたかもしれないし、誰もが藤治郎のような善人ではないからだ。

かといって、充功や颯太郎、田中も彼の性格や善意に甘えて、すべてをなかったことにするようなタイプではない。

「とんでもない。元はと言えば、躾の行き届いていない、うちの犬のせい――いいえ、私たちのせいですから。しかも、こんな大事なことを、今日になって知るなんて。本当に、田中さんにも兎田さんたちにも、ご迷惑をおかけして。申し訳ありませんでした」

特に田中は、これまでの付き合いや仕事柄、この家の状態をよく知っている。

これで藤治郎が怪我でもしていたら、痛い思いをするのは彼自身だけではない。

日常的に夫からのサポートを受けて、生活をしているだろう志乃にも関わる話だ。

ただ、あのときハスキーを連れ帰った佐竹や沢田にしても、驚いて転んだ藤治郎が、その後にどうなったのかを知ったのは、おそらく夜になってからだろう。

それだって、充功が知らせていれば――の話で、ここは黙ってハスキーを戻されたアミールが、どうやってこの話を知ったのか？

もしくは誰かが見ていて、田中に伝えたのか？

士郎はそれが気になり首を傾げた。

「謝らないで、田中さん。私も、最初は花さんからエリザベスに驚いたって聞いたから、そのまま笑い話としてあなたに伝えてしまったんだし」

「いいえ。それを教訓にしないと――なんて、孫に話したら、確かにエリザベスや他の犬も一緒にいたけど、発端はうちのハスキーだって言うじゃないですか。もう、孫共々ビックリして。慌てて謝罪に伺った次第で――。私のほうこそ、恥ずかしいやら何やらで」

(――あ、なるほどね。デイサービスを休んだ話のオチネタとして話したら、巡りに巡ってってことか。おばあちゃんたちって、本当に電話世代なんだな。聞いた限り、僕らがここへ来る間に、田中さんに〝聞いて聞いて〟って電話したんだろうから)

なんとなく、話の伝わり方と、時系列が見えてきた。

おそらくだが、田中はここへ来る前に一度自宅へ寄っていて、そこでアミールに話をしたことで、大元の原因がハスキーだと知ったのだろう。

アミールなら「昨日、亀山《かめやま》さん家のエリザベスがね」と言われれば、すぐにおかしいなと気付く。

ましてや、昨日の今日のことだ。

〝――え？　充功さんがエリザベスの散歩中に？　夕方!?　それは違うよ、エリザベスじゃない。きっと驚かせたのは、うちのハスキーだ!!〟

〝なんですって!?〟

(うん。きっとこんな展開かな)

絶対にとは言わないが、しっくりくる想像だ。

充功も似たようなことを考えたのか、士郎のほうを向いて、頷いてきた。

田中の謝罪のあとに、アミールが続く。

「――ごめんなさい。そもそもは、俺がちゃんと調べもせずに飼い始めたから。ずっと、ハスキーを好き勝手に甘やかしたから。士郎にも、何かあってからでは遅いんだって。本当にハスキーが大事で可愛いなら、その分厳しく躾けないと駄目なんだって、怒られたばかりだったのに。俺なりに頑張って。少しはよくなってきたと思っていたのに……、全然足りなくて」

俯きがちではあったが、話の端々《はしばし》で士郎のほうを見てきた。

出会い頭から遠慮無くガーガー言ったが、その分士郎は、アミールなりに頑張っていたことも ちゃんと見てきた。

一緒に散歩へ行くごとに、また勉強会で集まるごとに、飼い主共々ルールを理解してきていたし、それに従うことに前向きにもなっていた。

この辺りは、何語で話すかどうかの問題ではない。

アミール自身が飼い犬に対して、責任に対して、きちんと向き合ったかどうかの話だ。

――と、ここで充功がアミールのフォローに入った。

「いやいや！　あのときは、俺が追いかけたのが、かえってまずかったんだ。ここのところ、勉強会の間は、俺がエリザベスなんかと一緒に、グラウンドを走らせてただろう。だから、俺が走ってくるのを見て、ハスキーも全力疾走のスイッチが入ったんだと思う」

この辺りは、士郎たちの関係を心配して追いかけた、充功の目線での話だ。

しかし、初めて聞くだろうアミールにとっては、大きな救いになるだろう。

わずかでも表情が明るくなる。

「むしろ、町内中を走り回ってくれた割には、誰かに向かって行ったり、吠えたりはしていなかったから、そこは躾けられて駄目なことは覚えたんだと思うぞ」

「充功さん」

爆走癖はまだあるが、それでも改善されているところは、きちんと褒める。

充功の言葉が嬉しかったのか、アミールはその場で深々と頭を下げた。

そして、充功も今一度藤治郎に向け謝罪をする。

「――本当に、すみませんでした。俺たちも、捕獲のためだったとはいえ、派手な大捕物にしてしまって。結果的に驚かせちゃって」

「いやいや。もう、本当に恥ずかしいから。ただ、今思い返せば、見事な捕物だったよ。合戦かと思うかけ声だったし。そうだな。あんなすごいところに立ち会えたのは、ラッキーだったよ」

「田中さん」

藤治郎も笑って話を纏めてくれて、そのタイミングで志乃がパンと手を叩く。

「じゃあ、これで終わりにして、ティータイムにしましょう。我が家に、こんなに人が集まるのは、何年かぶりよ。椅子もテーブルも満たされて――。すごく嬉しいわ」

「志乃さん」

ここからは、気を取り直して、美味しいお茶とお菓子の団欒《だんらん》タイムだ。

「パウンドケーキ、ふかふか〜。ジュースとぴったり！」

「このクッキーもサックサクだよ！　美味しい」

「うんまよ〜っ」

当然のことながら、樹季や武蔵、七生は待ってましたと、ようやく手を伸ばすことのできたお菓子やジュースに大満足。

アミールも勧められると最初に温泉饅頭を食べている。以前の歌舞伎揚げといい、そもそも彼は和菓子が好きなのだろう。これに気付いた士郎が、フッと微笑む。

また、志乃や花、田中も温泉饅頭を食べながら、世間話に花を咲かす。

「そうそう、鈴木さんのところの娘さんがね。今度、留学するんですって」

「――まあ。もうそんなお年頃なのね」

「どこの国へ行かれるのかしら？　うちの娘のこともあるし、気が気でないかもしれないわね」

颯太郎と藤治郎は、目配せしながら笑い合っていたが、その目つきは先ほどおばあちゃんの長電話を諦めながら待っていた、お隣のおじいちゃんを彷彿《ほうふつ》とさせる。

（こんどはどこの鈴木さんだろう？　さっき出てきた人と同じかな？）

士郎や充功、アミールも、「こうなると、今度は引き上げるタイミングが難しそうだな」と、微苦笑《びくしょう》を浮かべるばかりだ。

ただ、それでもこの女性三人が盛り上がってくれたおかげで、士郎は今日まで聞くに聞けなかったアミールの両親について知ることができた。

「え!?　それじゃあアミールくんのお母さんは、今、お父さんの国で一緒に暮らしてるんですか？」

（――よかった!!　ちゃんと生きてた！）

言葉には出せないが、充功も士郎と同じことを考えていただろう。

アミール自身は、特に気にした様子もなく、自分から養子だということを話していた。

だが、士郎たちからすれば、そこに至った経緯が重要だ。

やはり最初に頭に浮かんだのは、両親を事故で亡くして、叔母夫婦に引き取られた優音のことだった。

身内の養子に入るとなったら、両親にそうとうなことがあったと考えてしまう。

そうでなければ、虐待などで引き離されたか――。

むしろ、今から遺産相続の税金対策と言われるほうが、まだ安心だ。

ただ、本人の様子からも、そういう風には見えなかったので、士郎も好意的な理由は浮かばなかったのだ。

「そうなの。もともとは中東と日本を行き来しながら生活をしていたんだけど……。娘も婿も医療従事者なものだから、定期的に危険なところへも行くの。ただ、さすがにアミールを、これまで通りに連れ回すのもどうかって話になって。いろいろ難しい年にもなってきたし……、いずれは受験もあるでしょう。それで、せめてアミールが成人するまでは、ここで落ち着いた生活をしたらってことになったの」

「そうだったんですね」

とはいえ、これはこれで士郎も初めて耳にするような、複雑な事情も絡んでいた。

田中はところどころ言葉を濁していたが、先日のアミールの発言を照らし合わせるなら、行く先々で嫌な思いをしてきた可能性はある。

たとえ、そうでなくても、一定の期間を過ごしたら転校だ。国内でもどうかと思うのに、海外と行ったりきたりでは、人間関係の構築にも疲れてしまうだろう。

しかも、あの言い方だと両親は仕事柄、戦場か、それに近いような環境のところへも行くのだろう。

そうなると、アミールが親元から離れた一番の理由は、安全に育てられる保証がない。場合によっては、不安しかないからなのかもしれない。

（定期的に危険なところへ――か）

士郎はここへ来て、背筋が伸びた。

田中はその様子を見て微笑んだ。士郎の察しの良さが、嬉しかったのだろう。

「――夫は、一人娘がそんなだから、アミールに自分のあとを継いでほしいみたいで、仕事にも励んでいるの。けど、私は、この子が好きに生きるために、うちへ連れてきたんだから、最後まで自由にしていてほしいと思ってる」

こうして話を聞いていると、彼女がアミールを一番に考えていることがよくわかった。

最愛の娘の子供だから――というのもあるだろうが、アミール自身を尊重している。

「ただ、犬の飼い方だけは、最初にきちんと教えるべきだったわ。まさか、まったく躾もしていないまま、飼っていたなんて、考えてもみなかったから。本当、ごめんなさいね」

最後は笑い話にしていたが、内心ではこの瞬間も娘夫婦を気遣い、心配もしているだろう。

世の中は確かにいろんな職業があり、どれも尊いものだと思う。

それでも、あえて危険な場所に出向いて従事するというのは、またそんな家族を持つというのは、どれほどの覚悟がいるのだろう？

比較にはならないとわかっていても、士郎は家で仕事をしてくれる颯太郎を思うと、自分達はとても運がいいと思った。

そんな気持ちで、改めてアミールを見る。

目が合うとフッと笑う彼は、両親の生き様に関しては、すでに理解をしているようだ。

他のことではオロオロするし、子供同士のことでは疑心暗鬼にもなるのに、こと両親に関しては、腹が決まっているように見える。

「すごく、大変なお仕事をしてるんだね」

「うん。さすがに、あの仕事は、夏休みの課題でできることじゃないね」

本人も一度や二度は、そうした危険な場所で生活をしたのだろう。

そうでなければ、こんな冗談も出てこない。

だが、だとしても、士郎は不思議に思った。

「夏休みの課題？」

「士郎が席を外していたときかな？　大地たちが教えてくれたんだ。勉強会の前は職業体験をしたんだよって」

「あ、自由研究――ね」

自分が知らないところで、いろいろな話がでていたようだ。

だが、これはこれで士郎からすると嬉しいことだ。

大地たちが心からアミールと友達になろうとしていたのがわかるし、またアミールも警戒はしていても、悪い気はしていなかったことが伝わってくる。

「あら。それなら、できることだってあるわよ。うちの施設でも職業体験をしてみる？　みんながお手伝いに来てくれたら、喜ぶお年寄りはいっぱいいるわよ」

また、これを聞いた田中が、新たに体験の場を提供してくれる。

お手伝いというよりは、遊びのニュアンスに近いが、それでも貴重な提案だ。

「本当ですか」

「ええ。その気になったら、いつでもいらっしゃい」

「ありがとうございます。みんなにも聞いてみます。ね、アミールくん」

「あ、ああ。そうか……。できることがあったんだ」

思いがけない話がいくつも出たあと、士郎たちは席を立った。

「今日はありがとうございました。長居してしまって、すみません」

「とんでもない。こちらこそ、お引き留めして。とても楽しかったわ。ね、藤治郎さん」

「――本当にな。よかったらいつでも寄ってください。あ、これはお土産だよ」

藤治郎が用意していたヒマワリの花束を三家、それぞれにくれる。

「わ！　ヒマワリだ!!」

「可愛い！　母ちゃんのとこに飾ろう」

「かっちゃね！」

「うん！　喜ぶね」

武蔵の思いがけない言葉に、颯太郎と花は一瞬言葉に詰まった。

しかし、その笑顔に感情が引き戻されたのだろう。

「そうね」

「そうだね」

花や颯太郎は、樹季たちの頭を撫でて、駐車場へ向かった。

田中も志乃に「そうそう、プリント！」などと言いながら、肝心な用を済ませて、颯太郎たちのあとを追う。

最後に士郎や充功、アミールが続くが、庭の見事さからか、ほんの少し足止める。

「士郎。あの――、さ」

「ん？」

「これまで、いろいろごめん。そして、ありがとう」

急に何かと思えば、改めて頭を下げてきた。

「どういたしまして。僕のほうこそ、いろいろごめんね。そして、ありがとう」

特に疑問もなく、士郎も笑顔で応える。

「あと……、俺も。俺も、友達枠に入れてください！」

ただ、これには士郎も驚いた。

アミールは先日の話を、特に士郎の割り切った友情論を気にしていたようだが、発した本人は、すでに終わったこととして消化していたからだ。

「――え？　今更？　この前の晴真の宣言で、僕たちもう友達でしょう」

「そうなの!?」

友人関係に不審を抱き、疑心暗鬼になっていたアミールからすれば、そうとうな勇気がいったことだろう。

また、こうしたことに関しては、自身の言葉でけじめを付けることとし、決してなあなあにはしないタイプなのだということもわかる。

「うん。でも、ありがとう。ちゃんと言ってもらえて嬉しいよ。僕からも、これからは友達として、よろしくお願いします」

「ありがとう！　士郎。やった！」

士郎がアミールに倣《なら》って返事をすると、これまで見た中でも一番いい笑顔を見せた。

しかし、このやりとりを目の前でやられた充功からすると、照れていいのか、笑っていいのかわからなかったのだろう。

「何、その告白みたいなの？」

「友情の通過儀礼みたいなものかな」

「──は？　何そのつうかぎれいって」

「充功は国語から勉強しなきゃだね」

思わず突っ込むも、士郎からは、からかうような冷笑が返る。

「いや、お前！　俺にだけ気遣いなしで話すの止めろよな！　少しは言葉を選べよ」

「スマホ、スマホ！　調べたら出てくるって」

「っっっ!!」

充功がムキになってスマートフォンを取り出すと、玄関まで見送りに出ていた藤治郎に「おやおや」と言って、笑われてしまう。

その間に、士郎はアミールと一緒に門を出て、駐車場へ移動する。

「──そうだ。時間があるときでいいから、今度はアミールくんが先生になって、英語やアラビア語を教えてよ。僕、個人的に、もっと話せるようになりたい。きっと、みんなも参加すると思うから」

それぞれの車に乗り込む前に、思いついたように士郎が発した。

「うん！　いいよ。俺でよかったら」

「ありがとう。じゃあ、家に着いたら、改めて予定を聞かせて」

「メールでいいの？」

「電話でもいいよ」

「——わかった」

簡単な約束を交わしてから、それぞれの車に乗り込む。

あとは、最後に充功が乗り込んだところで、先に田中家の車が離れた。

「それじゃあ、出発！」

「しんこー」

「ごーごー」

樹季や武蔵、七生の号令がかかると、颯太郎も車を出した。

家に着いてしばらくすると、アミールから電話がかかってきた。

その様子を見ながら、颯太郎は自身のアドレス帳の表示を打ち替えた。

五丁目清掃当番交代の田中さんから、士郎小四夏五丁目の田中さん——と。

おまけ

それから数日後――。

士郎たちは改めて〝アミールに教えてもらおう！　英語とアラビア語入門〟なる勉強会を立ち上げた。

しかし、その予定は初日から大きく狂うことになる。

「え？　アミールくんが介護付きマンションでお手伝い？」

「何それ？」

「いきなり!?」

英語もそうだが、子供たちは初めてアラビア語に触れることに、興味津々だった。

それだけに、突然の中止に星夜は驚き、智也や大地は落胆の声を上げる。

だが、こればかりは仕方がない。

士郎がみんなと集まる直前に、アミールから受けた知らせを詳しく説明する。

「うん。なんか、食堂のパートさんの子供が、急に熱を出したと思ったら、おたふく風邪だったんだって。それで、しばらく家からは出られなくなっちゃって――。料理は無理でも、野菜の下処理や配膳ならお手伝いできそうでしょう。それで、自分にできることだけでも手伝えればって考えたみたい」

「アミールくん、すごい！　ここに来て職業体験!?」

今度は優音が声を上げる。

なんだか話題が振り出しに戻っているようで、士郎は噴き出しそうになった。

「――え？　それなら俺たちも手伝って、一緒に体験できないかな」

「でも、介護付きマンションってことは、病気の人もいるんじゃないの？」

晴真はすっかりその気だ。

飛鳥だけは施設が施設だけに、そう簡単には、いかないだろうと考えているようだが、それでも参加の意思はありそうだ。

むしろ、これまで参加できなかった分、機会があるなら行きたい――というのが、その表情からもわかる。

なので、さらに士郎は説明を加えた。

「病気と言うよりは、身体が不自由で介助がいるとか、一人で暮らすには不安なお年寄りが入居しているみたいだよ。あくまでも、マンションの一階に内科や整形外科、リハビリの施設や薬局があって、専門の介護士さんやお医者さんが常駐している、病院付きマンシヨンみたいな感じ。ただ、マンション内には共有スペースがあって、食事も摂れるようになっているから、お手伝いはそこでするみたい。だから、もしアミールくんと一緒に――って思うなら、今から行っても大丈夫だよ。許可はもらっているから」

「本当か！」

「やったね!!」

すでに許可も取ってあると聞くと、大地と智也、星夜と優音がはしゃいでハイタッチをする。

「そうしたら、俺たちもアミールと一緒に手伝おう！」

「うん。なんだかドキドキするけどね」

晴真は手を掲げて、飛鳥は興味はあるものの、やはり初めてのことだからか、少し戸惑っている。

「それじゃあ、行こうか」

士郎が声を上げると、全員が揃って「うん！」「おう！」などと言って笑った。

そして、そんな士郎たちが介護付きマンションへ到着すると、

「わ！　来てくれたんだ。ありがとう！」

アミールがここ一番の笑顔を見せたのだった。

コスミック文庫 α

大《だい》家《か》族《ぞく》四《よん》男《なん》12
兎《と》田《だ》士《し》郎《ろう》のLet's be friends

2024年4月1日　初版発行

【著者】　日向《ひゅうが》唯《ゆ》稀《き》
【発行人】　佐藤広野
【発行】　株式会社コスミック出版
〒154-0002　東京都世田谷区下馬6-15-4
【お問い合わせ】　一営業部一　TEL 03(5432)7084　FAX 03(5432)7088
一編集部一　TEL 03(5432)7086　FAX 03(5432)7090
【ホームページ】　https://www.cosmicpub.com/
【振替口座】　00110-8-611382
【印刷／製本】　中央精版印刷株式会社

ISBN978-4-7747-6518-1 C0193